名《めい》探《たん》偵《てい》コナン
天国へのカウントダウン

建《た》てられた超《ちょう》高《こう》層《そう》ビル

天《てん》国《ごく》に近《ちか》いこのビルで
殺《さつ》人《じん》事《じ》件《けん》が発《はっ》生《せい》!!

絶《ぜっ》好《こう》のロケーションに

灰原《はいばら》が深夜《しんや》にかける
電話《でんわ》の相手《あいて》は!?

そして第《だい》2の殺人《さつじん》が!!

に仕《し》掛《か》けられた罠《わな》…

主催者《しゅさいしゃ》まで殺《ころ》され、
ようやく犯人《はんにん》が分《わ》かったその時《とき》…

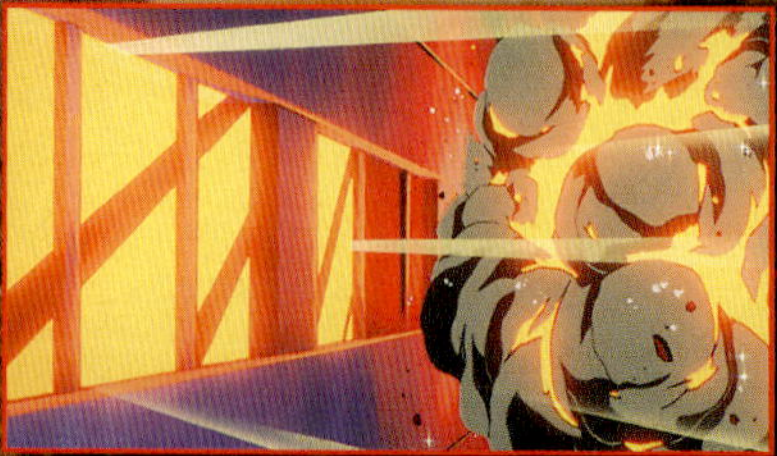

盛《せい》大《だい》なオープンパーティ

ビルを揺《ゆ》るがす大《だい》爆《ばく》発《はつ》!!
炎《ほのお》が迫《せま》るなか、蘭《らん》とコナンは!?

「生《い》きて新《しん》一《いち》を待《ま》って
なくちゃいけないから…」

の子どもたち…

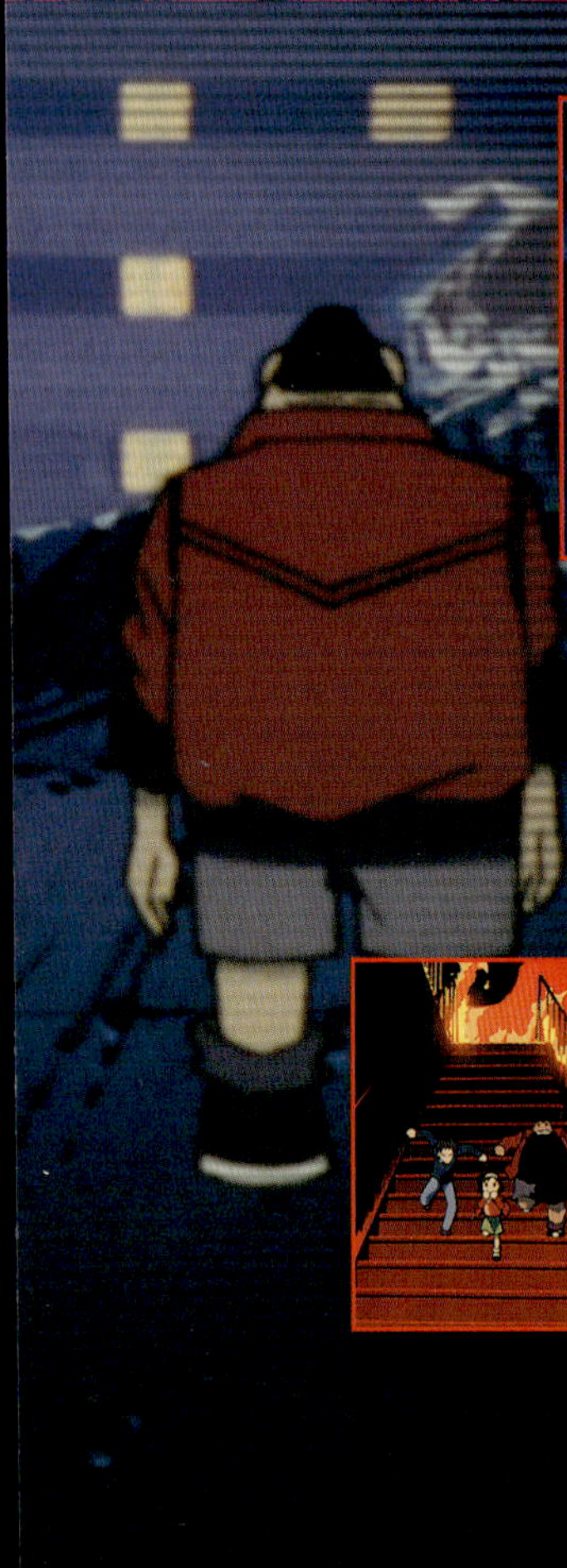

仕掛《しか》けられた爆弾《ばくだん》によって
連絡橋《れんらくきょう》が落《お》とされた。
さらに、ヘリポートにまで炎《ほのお》が……。
絶体絶命《ぜったいぜつめい》の子《こ》どもたち!!

取《と》り残《のこ》された4人《にん》

すべての逃《に》げ道《みち》を断《た》たれた
仲間《なかま》を救《すく》うために…

コナン、そして灰原《はいばら》が
選《えら》んだ方法《ほうほう》は!?

CHARACTERS

江《え》戸《ど》川《がわ》コナン
(工藤《くどう》新一《しんいち》)
Conan Edogawa

毛《もう》利《り》 蘭《らん》
Ran Mōri

毛《もう》利《り》小《こ》五《ご》郎《ろう》
Kogorō Mōri

灰《はい》原《ばら》 哀《あい》
Ai Haibara

吉《よし》田《だ》歩《あゆ》美《み》
Ayumi Yoshida

円《つぶら》谷《や》光《みつ》彦《ひこ》
Mitsuhiko Tsuburaya

小《こ》嶋《じま》元《げん》太《た》
Genta Kojima

名探偵コナン
天国へのカウントダウン

水稀しま／著
青山剛昌／原作　古内一成／脚本

★小学館ジュニア文庫★

オレは高校生探偵《こうこうせいたんてい》、工藤新一《くどうしんいち》。

幼《おさな》なじみで同級生《どうきゅうせい》の毛利蘭《もうりらん》と遊園地《ゆうえんち》に遊《あそ》びに行《い》って、黒《くろ》ずくめの男《おとこ》の怪《あや》しげな取《と》り引《ひ》き現場《げんば》を目撃《もくげき》した。

取《と》り引《ひ》きを見《み》るのに夢中《むちゅう》になっていたオレは、背後《はいご》から近《ちか》づいてくるもう一人《ひとり》の仲間《なかま》に気《き》づかなかった。オレはその男《おとこ》に毒薬《どくやく》を飲《の》まされ、目《め》が覚《さ》めたら――体《からだ》が縮《ちぢ》んで子《こ》どもの姿《すがた》になっていた!!

工藤新一《くどうしんいち》が生《い》きているとヤツらにバレたら、また命《いのち》を狙《ねら》われ、周《まわ》りの人《ひと》にも危害《きがい》が及《およ》ぶ。だからオレは阿笠博士《あがさはかせ》の助言《じょげん》で正体《しょうたい》を隠《かく》すことにした。

蘭《らん》に名前《なまえ》を訊《き》かれてとっさに『江戸川《えどがわ》コナン』と名乗《なの》り、ヤツらの情報《じょうほう》をつかむために、父親《ちちおや》・毛利小五郎《もうりこごろう》が探偵《たんてい》をやっている蘭《らん》の家《いえ》に転《ころ》がり込《こ》んだ。

阿笠博士《あがさはかせ》は小《ちい》さくなったオレのために、次々《つぎつぎ》とユニークなメカを作《つく》ってくれた。腕時計型麻酔銃《うでどけいがたますいじゅう》、蝶《ちょう》ネクタイ型変声機《がたへんせいき》、キック力増強《りょくぞうきょう》シューズ、ターボエンジン付《つ》きスケートボード、そして犯人追跡《はんにんついせき》メガネ。メガネの片側《かたがわ》には赤外線望遠機能《せきがいせんぼうえんきのう》も付《つ》いていて、暗闇《くらやみ》でも犯人《はんにん》をズームアップしてバッチリとらえることができるスグレものだ。オレはこれらのメカを使《つか》って、小五郎《こごろう》のおっちゃんの声《こえ》で事件《じけん》を解《と》いたり、犯人《はんにん》をつかまえたりしている。

さらに阿笠博士《あがさはかせ》は、小学校《しょうがっこう》の同級生《どうきゅうせい》の吉田歩美《よしだあゆみ》、円谷光彦《つぶらやみつひこ》、小嶋元太《こじまげんた》が結成《けっせい》した少年探偵団《しょうねんたんていだん》が身《み》に着《つ》けている探偵《たんてい》バッジと腕時計型《うでどけいがた》ライトも作《つく》ってくれた。

ところで、オレの正体《しょうたい》を知《し》っている者《もの》が阿笠博士《あがさはかせ》の他《ほか》にもいる。

オレの父親《ちちおや》、推理小説家《すいりしょうせつか》の工藤優作《くどうゆうさく》と、母親《ははおや》の元女優《もとじょゆう》、工藤有希子《くどうゆきこ》。西《にし》の高校生探偵《こうこうせいたんてい》、服部平次《はっとりへいじ》。そして、同級生《どうきゅうせい》の灰原哀《はいばらあい》——本名《ほんみょう》は、宮野志保《みやのしほ》。

彼女《かのじょ》は姉《あね》の宮野明美《みやのあけみ》と共《とも》に黒《くろ》ずくめの男《おとこ》たちの仲間《なかま》で、オレが飲《の》まされた毒薬《どくやく》『アポトキシン４８６９』を開発《かいはつ》した。ところが明美《あけみ》が組織《そしき》によって殺害《さつがい》され、そのことに反発《はんぱつ》した灰原《はいばら》はオレが飲《の》まされたのと同《おな》じ薬《くすり》を飲《の》んで体《からだ》が縮《ちぢ》んでしまい、今《いま》は阿笠博士《あがさはかせ》の家《いえ》に身《み》を寄《よ》せている。

黒《くろ》ずくめの男《おとこ》たちは、執拗《しつよう》に灰原《はいばら》の行方《ゆくえ》を追《お》っている。

そして今《いま》、オレの気《き》づかないところで何《なに》かが起《お》ころうとしている——。

小《ちい》さくなっても頭脳《ずのう》は同《おな》じ。迷宮《めいきゅう》なしの名探偵《めいたんてい》。真実《しんじつ》はいつもひとつ！

1

三月《さんがつ》の終《お》わり。

コナンは歩美《あゆみ》、光彦《みつひこ》、元太《げんた》、灰原《はいばら》と共《とも》に阿笠博士《あがさはかせ》の車《くるま》でキャンプ場《じょう》に向《む》かっていた。

高速道路《こうそくどうろ》を走《はし》るビートルのフロントガラスから富士山《ふじさん》が見《み》えてきて、後部座席《こうぶざせき》に座《すわ》っていた歩美《あゆみ》と光彦《みつひこ》が身《み》を乗《の》り出《だ》した。

「わぁ～富士山《ふじさん》だ！」

「きれいですねーっ！」

助手席《じょしゅせき》の元太《げんた》も「やっぱ日本一《にほんいち》の山《やま》だぜ！」と目《め》を輝《かがや》かせていると、横《よこ》の窓《まど》を見《み》た歩美《あゆみ》が高速道路《こうそくどうろ》の向《む》こうに建《た》つ巨大《きょだい》なビルに気《き》づいた。

「あれ、何《なん》だろ？」

双子《ふたご》のように二《ふた》つ並《なら》んだ高層《こうそう》ビルは青空《あおぞら》に突《つ》き抜《ぬ》けるようにそびえ立《た》ち、周《まわ》りのビルを寄《よ》せ付《つ》けない圧倒的《あっとうてき》な存在感《そんざいかん》を放《はな》っている。

「ああ、あれは西多摩市《にしたまし》に新《あたら》しくできたツインタワービルじゃ。高《たか》さ三百十九《さんびゃくじゅうきゅう》メートルと二百九十四《にひゃくきゅうじゅうよん》メートルの日本一《にほんいち》ノッポな双子《ふたご》じゃよ！」

ツインタワービルに釘付《くぎづ》けになっている子《こ》どもたちに、阿笠博士《あがさはかせ》はハンドルを握《にぎ》りながら説明《せつめい》した。

「へぇ〜、行《い》ってみてぇなあ！」

「博士《はかせ》、明日《あした》キャンプの帰《かえ》りに寄《よ》ってみましょうよ！」

光彦《みつひこ》が頼《たの》むと、阿笠博士《あがさはかせ》は「うーん……」と後部座席《こうぶざせき》をチラリと見《み》た。

「少《すこ》し回《まわ》り道《みち》になるが、まぁいいじゃろう」

子《こ》どもたちが喜《よろこ》ぶ横《よこ》で、コナンは（西多摩市《にしたまし》か……）とツインタワービルに目《め》を向《む》けた。

（前《まえ》の市長《しちょう》の犯罪《はんざい》をオレが暴《あば》いたことで、森谷帝二《もりやていじ》がオレに挑戦《ちょうせん》してきたんだっけ……）

西多摩市長《にしたましちょう》だった岡本《おかもと》が交通事故《こうつうじこ》を起《お》こし、息子《むすこ》の浩平《こうへい》を身代《みが》わりにして罪《つみ》を逃《のが》れた。しかし、高校生探偵《こうこうせいたんてい》として活躍《かつやく》していた新一《しんいち》が真相《しんそう》を暴《あば》き、市長《しちょう》の失脚《しっきゃく》によって西多摩市《にしたまし》の再開発計画《さいかいはつけいかく》がお蔵入《くらい》りになった。再開発《さいかいはつ》の設計《せっけい》を担当《たんとう》していた建築家《けんちくか》の森谷帝二《もりやていじ》は、西《にし》多摩市全体《たましぜんたい》を自分《じぶん》が傾倒《けいとう》するシンメトリー（左右対称《さゆうたいしょう》）に変《か》えようとしていたが、新一《しんいち》のせいでその計画《けいかく》が台無《だいな》しになり、恨《うら》みを抱《いだ》いたのだ――。

「キャンプ、キャンプ、またキャンプ♪　あしたもキャンプ、あさっても～♪」

コナンが過去《かこ》の事件《じけん》を振《ふ》り返《かえ》っていると、子《こ》どもたちは楽《たの》しそうに歌《うた》い出《だ》した。

（にしても……こいつら、キャンプ好《す》きだねぇー……）

コナンはハハ……と苦笑《にがわら》いしながら、無邪気《むじゃき》にはしゃぐ子《こ》どもたちを見《み》つめた。

オートキャンプ場《じょう》に到着《とうちゃく》すると、コナンたちはテントを張《は》り、キャンプ場内《じょうない》を流《なが》れる川《かわ》で釣《つ》りをした。そして夕方《ゆうがた》になると釣《つ》った魚《さかな》をかまどで焼《や》き、テントの横《よこ》にセッティングしたテーブルを皆《みな》で囲《かこ》んで、夕《ゆう》ご飯《はん》を食《た》べた。

「ごちそうさま！」

食《た》べ終《お》わった光彦《みつひこ》が紙皿《かみざら》をテーブルに置《お》くと、隣《となり》の元太《げんた》が「ん？」と眉《まゆ》をひそめた。光《みつ》彦《ひこ》の紙皿《かみざら》には、まだ米粒《こめつぶ》がところどころ残《のこ》っている。

「何《なん》だよ、ご飯粒《はんつぶ》残《のこ》ってるじゃねーか！　米粒《こめつぶ》ひとつでも残《のこ》すとバチが当《あ》たるって、かあちゃんが言《い》ってたぞ！」

元太《げんた》が注意《ちゅうい》すると、阿笠博士《あがさはかせ》は「その通《とお》りじゃ」と光彦《みつひこ》を見《み》た。

「米《こめ》は農家《のうか》の人《ひと》が八十八回《はちじゅうはちかい》、手間《てま》をかけて作《つく》るんじゃからな」

「八十八回《はちじゅうはちかい》……？」

歩美《あゆみ》がきょとんとする。

「ああ、米《こめ》という字《じ》を分解《ぶんかい》すると、八十八《はちじゅうはち》になるじゃろう」

子《こ》どもたちはそれぞれ〈米《こめ》〉の文字《もじ》を頭《あたま》に思《おも》い浮《う》かべた。

「うーん……そーかぁ？」

首《くび》をひねる元太《げんた》の両隣《りょうどなり》で、歩美《あゆみ》と光彦《みつひこ》が「なるなる♡」「ホントですね！」と納得《なっとく》する。

「それで、八十八歳《はちじゅうはっさい》の祝《いわ》いを〈米寿《べいじゅ》〉と言《い》うんじゃ。ついでに教《おし》えると、七十七歳《ななじゅうななさい》が〈喜《き》寿《じゅ》〉で、九十九歳《きゅうじゅうきゅうさい》が〈白寿《はくじゅ》〉じゃ！　〈喜寿《きじゅ》〉はなぜ七十七歳《ななじゅうななさい》か、わかるかな？」

阿笠博士《あがさはかせ》は子《こ》どもたちに問《と》いかけながら、隣《となり》のコナンを見《み》た。

「〈喜寿《きじゅ》〉の『喜《き》』っていう字《じ》の草書体《そうしょたい》『㐂』が七十七《ななじゅうなな》に見《み》えるから……だろ？」

すると、コナンの隣《となり》で水《みず》を飲《の》んでいた灰原《はいばら》が続《つづ》けて答《こた》えた。

「〈白寿《はくじゅ》〉は『百《ひゃく》』から一《いち》を取《と》ると、白《しろ》になるから」

子《こ》どもたちはへぇ…と二人《ふたり》を感心《かんしん》して見《み》た。

「いつものことながらお二人《ふたり》はよく知《し》ってますね」

「オメーら、ホントは年《とし》ごまかしてんじゃねーか？」

意地悪《いじわる》い顔《かお》でからかう元太《げんた》に、コナンは引《ひ》きつった笑《え》みを浮《う》かべた。

（ハハ……当《あ》たってやがる）

灰原《はいばら》も表情《ひょうじょう》を悟《さと》られないように水《みず》を飲《の》むと、阿笠博士《あがさはかせ》が「そこで！」と口《くち》を開《ひら》いた。

「ワシからクイズじゃ！　四十四歳《よんじゅうよんさい》はなんと言《い》うかわかるかな？」

「え……？」

コナンと灰原《はいばら》は怪訝《けげん》そうに阿笠博士《あがさはかせ》を見《み》た。光彦《みつひこ》たちもきょとんとする。

「四十四歳《よんじゅうよんさい》……ですか？」

「ヒントは漢字《かんじ》一文字《ひともじ》にカタカナ三文字《さんもじ》じゃ。『寿《ことぶき》』はつけんでいいぞ！」

阿笠博士《あがさはかせ》は嬉《うれ》しそうに人差《ひとさ》し指《ゆび》を立《た》てた右手《みぎて》と、人差《ひとさ》し指《ゆび》、中指《なかゆび》、薬指《くすりゆび》を立《た》てた左手《ひだりて》をちらつかせた。

「漢字一文字《かんじひともじ》にカタカナ三文字《さんもじ》……」

「何《なん》だろう……？」

子《こ》どもたちは『四十四《よんじゅうよん》』を思《おも》い浮《う》かべ、頭《あたま》の中《なか》で文字《もじ》をバラバラにしたり組《く》み合《あ》わせ始《はじ》めた。

(四十四《よんじゅうよん》……八十八《はちじゅうはち》……)

暇《ひま》つぶしに考《かんが》え始《はじ》めたコナンはすぐに答《こた》えが浮《う》かび、(まさか……)と阿笠博士《あがさはかせ》を渋《しぶ》い顔《かお》で見《み》た。

「博士《はかせ》……わかったけどこれ、スゲーくだらねーぞ！」

「そーかのォ……？　で、哀君《あいくん》はわかったかな？」

灰原《はいばら》は肩《かた》をすくめ、首《くび》を横《よこ》に振《ふ》った。子《こ》どもたちも抗議《こうぎ》するように身《み》を乗《の》り出《だ》す。

「わたしもわかんない！」「オレもだ！」「ボクもです！」

子《こ》どもたちが降参《こうさん》すると、阿笠博士《あがさはかせ》は「では正解《せいかい》を言《い》おう」と得意《とくい》げに微笑《ほほえ》んだ。

「四十四《よんじゅうよん》は八十八《はちじゅうはち》の半分《はんぶん》じゃろう？　八十八《はちじゅうはち》は『米《こめ》』。米《こめ》は英語《えいご》で〈ライス〉。その半分《はんぶん》じゃから〈半《はん》ライス〉じゃ！」

（ハハハ……やっぱり）

予想通《よそうどお》りの答《こた》えにコナンはしらけた笑《え》みを浮《う》かべ、灰原《はいばら》はあきれたようにため息《いき》をついた。子《こ》どもたちの表情《ひょうじょう》もどんよりとする。

「あれー？　どうしたのかな？」

完全《かんぜん》にしらけている一同《いちどう》を尻目《しりめ》に、阿笠博士《あがさはかせ》は鼻歌《はなうた》まじりに飯《はん》ごうからご飯《はん》をよそい始《はじ》めた。

「半《はん》ライス♪　三回《さんかい》よそえばサン・ライズ～♪　なんちゃって♪」

皆《みな》が寝静《ねしず》まった深夜《しんや》、尿意《にょうい》をもよおした元太《げんた》はテントから一人《ひとり》抜《ぬ》け出《だ》して公衆《こうしゅう》トイレに向《む》かった。

澄《す》んだ夜空《よぞら》には満月《まんげつ》が浮《う》かび、川面《かわも》がキラキラと輝《かがや》いている。

「う～、ちょっともれた」

用《よう》を足《た》した元太《げんた》は、腕《うで》を抱《かか》えてトイレから走《はし》って出《で》てきた。昼間《ひるま》は暖《あたた》かかったものの、夜《よる》はまだまだ冷《ひ》え込《こ》む。ふと、すでに閉《し》まっている売店《ばいてん》の方《ほう》に目《め》をやると、薄暗《うすぐら》い明《あ》かりの下《した》に誰《だれ》かが立《た》っているのが見《み》えた。

「あ……？」

それは灰原《はいばら》だった。売店《ばいてん》の横《よこ》にある公衆電話《こうしゅうでんわ》を使《つか》っている。

（こんな夜中《よなか》に誰《だれ》に電話《でんわ》してんだ……？）

目《め》をパチパチさせた元太《げんた》は、大《おお》きなあくびをした。冷《つめ》たい風《かぜ》が吹《ふ》いて、思《おも》わず「さぶっ」と身震《みぶる》いをする。

不思議《ふしぎ》に思《おも》いつつも、元太《げんた》は寒《さむ》さに両腕《りょううで》を抱《かか》えながらテントに向《む》かって走《はし》り出《だ》した。

公衆《こうしゅう》トイレに背《せ》を向《む》けて電話《でんわ》をしていた灰原《はいばら》は、元太《げんた》が走《はし》っていくのに気《き》づく様子《ようす》もなく、受話器《じゅわき》に耳《みみ》を当《あ》てていた。

「明日《あした》、西多摩《にしたま》市《し》のツインタワービルに行《い》くことになりそうよ」

険《けわ》しい表情《ひょうじょう》をした灰原《はいばら》は、一呼吸《ひとこきゅう》置《お》いて言《い》った。

「もちろん、彼《かれ》も一緒《いっしょ》よ……！」


車《くるま》の少《すく》ない深夜《しんや》の首都高速《しゅとこうそく》を、黒《くろ》のポルシェ356A《エー》が走《はし》っていた。昼間《ひるま》は渋滞《じゅうたい》だらけの首都高速《しゅとこうそく》も夜《よる》になると車《くるま》がめっきり減《へ》り、前《まえ》を走《はし》る車《くるま》は見《み》えない。

ポルシェには黒《くろ》い帽子《ぼうし》に黒《くろ》い服《ふく》を着《き》た二人《ふたり》の男《おとこ》が座《すわ》っていた。

「わかりましたぜ、兄貴《あにき》」

助手席《じょしゅせき》に座《すわ》ったサングラスのいかつい体《からだ》つきの男《おとこ》――ウォッカは携帯電話《けいたいでんわ》を切《き》り、運転《うんてん》席《せき》の男《おとこ》に顔《かお》を向《む》けた。

「西多摩市《にしたまし》のツインタワービル……」

そのとき、後方《こうほう》からスピードを上《あ》げた大型《おおがた》トラックがポルシェに並《なら》んだ。けたたましい走行音《そうこうおん》がウォッカの言葉《ことば》をかき消《け》す。

「あそこは確《たし》か、天国《てんごく》に一番近《いちばんちか》いって……」

大型《おおがた》トラックがポルシェを追《お》い抜《ぬ》き、再《ふたた》びウォッカの声《こえ》が聞《き》こえてくると、運転席《うんてんせき》に座《すわ》った長髪《ちょうはつ》の男《おとこ》――ジンはタバコをくわえた口元《くちもと》をニヤリとゆがませた。

「フン、そいつはいいや……」

長《なが》い前髪《まえがみ》からのぞいた目《め》がギラリと光《ひか》る。それは、平気《へいき》で何人《なんにん》も殺《ころ》してきたと一目《ひとめ》で直感《ちょっかん》するほど、恐《おそ》ろしく残忍《ざんにん》で冷酷《れいこく》な目《め》だった。

「あの世《よ》に最《もっと》も近《ちか》い、処刑台《しょけいだい》にしてやろうじゃねぇか……！」

ポルシェはスピードを上《あ》げ、野太《のぶと》いエンジン音《おん》を鳴《な》らしながらまっすぐな道路《どうろ》を突《つ》っ走《ぱし》っていった。

2

翌日《よくじつ》。朝《あさ》ご飯《はん》を食《た》べたコナンたちは、テントをたたみ、キャンプ場《じょう》を後《あと》にした。

山道《やまみち》を走《はし》るビートルの後部座席《こうぶざせき》には、元太《げんた》、光彦《みつひこ》、コナン、歩美《あゆみ》が窮屈《きゅうくつ》そうに座《すわ》っている。

「何《なん》かきついな、この席《せき》」

「元太君《げんたくん》が後《うし》ろに乗《の》ったからですよ。来《く》るときは前《まえ》だったのに」

「後《うし》ろの方《ほう》が楽《たの》しそうだったんだよ」

元太《げんた》はそう言《い》うと、身《み》を乗《の》り出《だ》して光彦《みつひこ》の隣《となり》に座《すわ》るコナンを見《み》た。

「おいコナン、もっと詰《つ》めろ！」

コナンは「……ったく」と顔《かお》をしかめた。

「朝《あさ》っぱらからメシ五杯《ごはい》も食《く》うからだぞ。——ごめん、詰《つ》めるよ歩美《あゆみ》ちゃん」

コナンが歩美《あゆみ》の方《ほう》に体《からだ》を寄《よ》せると、歩美《あゆみ》の頰《ほお》がポッと赤《あか》くなった。周《まわ》りに悟《さと》られないように小《ちい》さく微笑《ほほえ》む。

光彦《みつひこ》とコナンが詰《つ》めたことでスペースにゆとりができた元太《げんた》は、満足《まんぞく》そうな顔《かお》をした。

「光彦《みつひこ》、ゲームやろうぜ、ゲーム！」

「じゃあ、三十秒当《さんじゅうびょうあ》てゲームでも！」

光彦《みつひこ》が左手《ひだりて》でポケットを探《さぐ》り、ストップウォッチを取《と》り出《だ》す。

「心《こころ》の中《なか》で三十秒数《さんじゅうびょうかぞ》え終《お》わったら、ストップウォッチを押《お》して止《と》めるんです」

「面白《おもしれ》え！　やろうぜ、みんなで！」

元太《げんた》は前《まえ》の席《せき》の阿笠《あがさ》と灰原《はいばら》にも呼《よ》びかけた。

「ワシは運転中《うんてんちゅう》じゃから……」

「私《わたし》もパス」

あっさり却下《きゃっか》され、ゲームは後部座席《こうぶざせき》の四人《よにん》ですることになった。

まずは言《い》い出《だ》しっぺの光彦《みつひこ》がストップウォッチを押《お》し、目《め》を閉《と》じて数《かぞ》え始《はじ》める。

「……二十八《にじゅうはち》……二十九《にじゅうきゅう》……三十《さんじゅう》！」

数《かぞ》え終《お》わると同時《どうじ》にストップウォッチを押《お》して止《と》め、目《め》を開《あ》けた。すると、画面《がめん》には〈40秒《びょう》05〉と表示《ひょうじ》されていた。

「四十秒《よんじゅうびょう》……！　十秒《じゅうびょう》オーバーです」

光彦《みつひこ》はがっかりした顔《かお》で、コナンにストップウォッチを渡《わた》した。

コナンも目《め》を閉《と》じ、ストップウォッチを押《お》す。

「……二十九《にじゅうきゅう》……三十《さんじゅう》！」

勢《いきお》いよくストップウォッチを押《お》して、画面《がめん》を見《み》た。

「二十七秒《にじゅうななびょう》だ」

「惜《お》しいですね」

次《つぎ》に元太《げんた》がストップウォッチを持《も》って三十《さんじゅう》を数《かぞ》え始《はじ》めた。そして「……三十《さんじゅう》！」とストップウォッチを押《お》す。

すると、画面《がめん》には〈59秒《びょう》00〉と表示《ひょうじ》されていた。

「五十九秒《ごじゅうきゅうびょう》……!?　壊《こわ》れてんじゃねえか？　これ」

元太《げんた》がストップウォッチにケチをつけると、光彦《みつひこ》はニッコリと微笑《ほほえ》んだ。

「それは元太君《げんたくん》の方《ほう》ですよ」

山道《やまみち》を下《お》りて街道《かいどう》を走《はし》り出《だ》したビートルは、やがて陸橋《りっきょう》を渡《わた》った。正面《しょうめん》には青空《あおぞら》に向《む》かってそびえ立《た》つ西多摩市《にしたまし》のツインタワービルが見《み》えてくる。

元太《げんた》からストップウォッチを受《う》け取《と》った歩美《あゆみ》は、目《め》を閉《と》じて数《かぞ》え始《はじ》めた。

「……二十八《にじゅうはち》……二十九《にじゅうきゅう》……三十《さんじゅう》！」

目《め》を開《あ》けてストップウォッチの画面《がめん》を見《み》る。隣《となり》のコナンも画面《がめん》をのぞき込《こ》むと――〈30秒《びょう》00〉と表示《ひょうじ》されていた。

「三十秒《さんじゅうびょう》ジャストだ！」

「スゴイ、歩美《あゆみ》ちゃん！」

「エスパーじゃねえか⁉」

光彦《みつひこ》と元太《げんた》が自分《じぶん》のことのように喜《よろこ》ぶと、歩美《あゆみ》は「まぐれだよ」と照《て》れくさそうに肩《かた》をすぼめた。助手席《じょしゅせき》の灰原《はいばら》がチラリと歩美《あゆみ》の方《ほう》を振《ふ》り返《かえ》る。すると、元太《げんた》が何《なに》かを思《おも》い出《だ》して、助手席《じょしゅせき》のシートの上《うえ》から灰原《はいばら》をのぞいた。

「そういや灰原《はいばら》、昨日《きのう》あんな夜中《よなか》にどこ電話《でんわ》してたんだ？」

灰原《はいばら》は「え」と小《ち》さく声《こえ》を上《あ》げると、すぐに体《からだ》を正面《しょうめん》に向《む》け直《なお》した。

「電話《でんわ》なんかしてないわ、小嶋君《こじまくん》、寝《ね》ぼけてたんじゃないの？」

「え？　そうかなぁ……」

灰原《はいばら》にあっさり否定《ひてい》された元太《げんた》は首《くび》をひねりながら、後部座席《こうぶざせき》に座《すわ》った。無表情《むひょうじょう》で前《まえ》を向《む》く灰原《はいばら》を、コナンが怪訝《けげん》そうに見《み》つめる。

(灰原《はいばら》が電話《でんわ》？　まさかな……)

自分《じぶん》と同様《どうよう》に正体《しょうたい》を隠《かく》している灰原《はいばら》は、唯一《ゆいいつ》の肉親《にくしん》だった姉《あね》も組織《そしき》に消《け》されてしまって、真夜中《まよなか》に電話《でんわ》をする相手《あいて》なんていないはずだ。

きっと灰原《はいばら》が言《い》うとおり、元太《げんた》は寝《ね》ぼけていたんだろう……。


やがて西多摩市《にしたまし》のツインタワービルに到着《とうちゃく》すると、一同《いちどう》はビートルから降《お》りてビルの前《まえ》の公園《こうえん》から目《め》の前《まえ》にそびえ立《た》つ二《ふた》つのビルを見上《みあ》げた。二《ふた》つの連絡橋《れんらくきょう》で繋《つな》がっているビルは、目《め》の前《まえ》で見《み》ると想像《そうぞう》をはるかに超《こ》える高《たか》さで、子《こ》どもたちは上《うえ》を向《む》きながらあんぐりと口《くち》を開《あ》けた。

「高《たけ》え――――！」

「てっぺんが見《み》えませんよ！」

「雲《くも》の上《うえ》まで伸《の》びてるみたい！」

すると、一台《いちだい》のタクシーがビルの玄関前《げんかんまえ》で停《と》まった。後部座席《こうぶざせき》のドアが開《ひら》き、女性《じょせい》が降《お》りてくる。

「え……コナン君《くん》じゃない!!」

ビルを見上《みあ》げていたコナンはその声《こえ》に驚《おどろ》いて、前《まえ》を向《む》いた。

タクシーの向《む》こうには、蘭《らん》と鈴木園子《すずきそのこ》、そして小五郎《こごろう》が立《た》っている。

「あれぇ？　蘭姉《らんねえ》ちゃん！　どうしたの？」

タクシーが走《はし》り去《さ》ったので蘭《らん》の方《ほう》へ駆《か》け出《だ》すと、小五郎《こごろう》が「コラー！」とコナンたちを指差《ゆびさ》した。

「何《なん》でおまえたちがここにいる!?」

「キャンプの帰《かえ》りにこのビルを見《み》に寄《よ》ったんだよ。おじさんたちは？」

小五郎《こごろう》はブォッホンとわざとらしく咳払《せきばら》いをして、自慢《じまん》げに話《はな》し始《はじ》めた。

「このツインタワービルのオーナー、常磐美緒君《ときわみおくん》は俺《おれ》の大学《だいがく》のゼミの後輩《こうはい》でな！　来週《らいしゅう》のオープンを前《まえ》に、特別《とくべつ》に招待《しょうたい》してくれたんだ！」

「へぇー、知《し》らなかった」

コナンが言《い》うと、蘭《らん》が「でしょう？」と口《くち》をはさみ、小五郎《こごろう》を疑《うたが》いの眼差《まなざ》しで見《み》つめた。

「お父《とう》さんたら私《わたし》にも黙《だま》ってたのよ。様子《ようす》がおかしいと思《おも》って問《と》い詰《つ》めたら白状《はくじょう》したの！」

「白状《はくじょう》って、俺《おれ》は別《べつ》に――」

動揺《どうよう》する小五郎《こごろう》の言葉《ことば》をさえぎるように、コナンが「そっか！」と口《くち》を開《ひら》く。

「おじさんの行動《こうどう》を監視《かんし》するために蘭姉《らんねえ》ちゃんたちが……」

「何《なに》しろ常磐美緒《ときわみお》さんって言《い》ったら、常磐財閥《ときわざいばつ》の令嬢《れいじょう》でまだ独身《どくしん》だからね。両親《りょうしん》が別居中《べっきょちゅう》の蘭《らん》としては、心配《しんぱい》なわけよ」

蘭《らん》の後方《こうほう》にいた園子《そのこ》が小五郎《こごろう》の怪《あや》しさを裏付《うらづ》けるように説明《せつめい》すると、そこへスーツ姿《すがた》の若《わか》い女性《じょせい》が歩《あゆ》み寄《よ》ってきた。

「失礼《しつれい》ですが、毛利小五郎様《もうりこごろうさま》でしょうか？」

「はい」

「私《わたし》、常磐《ときわ》の秘書《ひしょ》の沢口《さわぐち》と申《もう》します。ただ今《いま》、常磐《ときわ》は接客中《せっきゃくちゅう》でして、先《さき》にショールームの方《ほう》をご案内《あんない》いたします」

肩《かた》よりやや長《なが》い髪《かみ》のサイドを後《うし》ろで束《たば》ね、清楚《せいそ》な印象《いんしょう》の沢口《さわぐち》ちなみ（29）は一同《いちどう》に顔《かお》を向《む》けると、正面玄関《しょうめんげんかん》から一階《いっかい》ホールへ入《はい》っていった。

「こちらのA塔《エーとう》は全館《ぜんかん》オフィス棟《とう》で、三十一階《さんじゅういっかい》から上《うえ》は全《すべ》て〈TOKIWA《トキワ》〉が占《し》めております。ショールームは二階《にかい》と三階《さんがい》にございます」

吹《ふ》き抜《ぬ》けになった広《ひろ》いホールを進《すす》み、エスカレーターを上《あ》がっていく。小五郎《こごろう》たちに続《つづ》いてエスカレーターに乗《の》った歩美《あゆみ》は、光彦《みつひこ》に「ねぇ」と声《こえ》をかけた。

「〈TOKIWA《トキワ》〉って何《なん》の会社《かいしゃ》なの？」

「中心《ちゅうしん》はパソコンソフトですが、コンピュータ関係《かんけい》の仕事《しごと》なら何《なん》でもやってるみたいです」

歩美《あゆみ》の前《まえ》にいた灰原《はいばら》は光彦《みつひこ》の説明《せつめい》に興味《きょうみ》を持《も》ったのか、チラリと振《ふ》り返《かえ》る。

「じゃあ、テレビゲームもあるんだな？　楽《たの》しみだぜ！」

一番後《いちばんうし》ろにいた元太《げんた》はパァッと顔《かお》を輝《かがや》かせた。


ちなみに連《つ》れられてショールームの中《なか》に入《はい》ると、そこには様々《さまざま》な種類《しゅるい》のゲーム機《き》が置《お》かれていた。

ゲームセンターで見《み》かける対戦《たいせん》ゲームの他《ほか》に、宇宙飛行士《うちゅうひこうし》の訓練《くんれん》に使《つか》われるような体験《たいけん》型《がた》ゲーム機《き》もあった。座席《ざせき》を囲《かこ》む三《みっ》つの輪《わ》がそれぞれ高速回転《こうそくかいてん》し、座席《ざせき》が前後左右三百六《ぜんごさゆうさんびゃくろく》十度《じゅうど》に回《まわ》っている。

「オォー、これは面白《おもしろ》そうなものがいっぱいあるのォ！」

どれも近未来《きんみらい》をイメージさせるような作《つく》りになっていて、子《こ》どもたちはもちろん、阿笠《あがさ》博士《はかせ》も興味深《きょうみぶか》そうにゲーム機《き》を見《み》て回《まわ》り始《はじ》めた。すると、スーツ姿《すがた》の男性《だんせい》がニコニコしながら近《ちか》づいてきた。

「やあ皆《みな》さん、いらっしゃい」

「うちの専務《せんむ》でプログラマーの原《はら》です」

ちなみに紹介《しょうかい》された原佳明《はらよしあき》（32）は「よろしく」と頭《あたま》を下《さ》げた。メガネの奥《おく》のつぶらな瞳《ひとみ》と笑顔《えがお》は、専務《せんむ》なのにどこか人懐《ひとなつ》っこい印象《いんしょう》を与《あた》える。

子《こ》どもたちは二台並《にだいなら》んだ大《おお》きな機械《きかい》の前《まえ》に立《た》っていた。それぞれ一人用《ひとりよう》の座席《ざせき》があり、その前《まえ》にはモニター画面《がめん》とスイッチが並《なら》んでいる。

「これ何《なん》だろ？」

「ゲーム機《き》ですかね？」

子《こ》どもたちが興味深《きょうみぶか》そうにまじまじと見《み》ていると、原《はら》が「やってみるかい？」と近《ちか》づいてきた。

「これはね、コンピュータが十年後《じゅうねんご》の顔《かお》を予想《よそう》してくれるんだ」

原《はら》の説明《せつめい》に、阿笠博士《あがさはかせ》が「ホォー」と物珍《ものめずら》しそうに機械《きかい》を見《み》つめた。

「十年後《じゅうねんご》の顔《かお》が……？　そいつはすごい！」

「博士《はかせ》、やろやろ！」

「ではお二人《ふたり》とも、椅子《いす》に座《すわ》ってください」

原《はら》に言《い》われて、歩美《あゆみ》と阿笠博士《あがさはかせ》はそれぞれ座席《ざせき》に腰《こし》かけた。

「よろしいですか？　いきますよ」

原《はら》がスイッチを操作《そうさ》すると、座席《ざせき》の上《うえ》から宇宙服《うちゅうふく》のヘルメットのようなものが下《お》りてきて、阿笠博士《あがさはかせ》と歩美《あゆみ》の頭《あたま》にスッポリと覆《おお》いかぶさった。

ヘルメットの内部《ないぶ》で二人《ふたり》の顔《かお》の前《まえ》をピピピ…と幾《いく》つかの光《ひかり》の点《てん》が左右《さゆう》に走《はし》り、フラッシュがたかれた。そのまぶしさに二人《ふたり》は思《おも》わず目《め》をつぶる。するとヘルメットが上《あ》がり、プリントアウトされた二人《ふたり》の写真《しゃしん》がモニターの下《した》から出《で》てきた。

「はい、これが十年後《じゅうねんご》のお二人《ふたり》の顔《かお》です」

阿笠博士《あがさはかせ》が原《はら》から写真《しゃしん》を受《う》け取《と》ると、元太《げんた》と光彦《みつひこ》はワクワクしながら写真《しゃしん》をのぞき込《こ》んだ。しかし、写真《しゃしん》に写《うつ》っている阿笠博士《あがさはかせ》は、今《いま》と何《なん》ら変《か》わりはない。

「何《なん》だ。変《か》わんねえじゃねーか！」

「壊《こわ》れてますよ、この機械《きかい》！」

「いや、壊《こわ》れてねーよ」

コナンの声《こえ》に、光彦《みつひこ》と元太《げんた》は「え」と顔《かお》を上《あ》げた。

「歩美《あゆみ》ちゃんのを見《み》てみろよ」

二人《ふたり》が歩美《あゆみ》に駆《か》け寄《よ》って写真《しゃしん》を見《み》ると、そこには十七歳《じゅうななさい》に成長《せいちょう》した歩美《あゆみ》が写《うつ》っていた。髪《かみ》が今《いま》より少《すこ》し伸《の》びて、愛《あい》くるしい顔《かお》がそのまま成長《せいちょう》した歩美《あゆみ》は、大人《おとな》っぽくニッコリと微笑《ほほえ》んでいる。

「うは〜〜〜可愛《かわい》い〜〜〜〜♡」

予想《よそう》を超《こ》える可愛《かわい》さにうっとりとした目《め》で写真《しゃしん》を見《み》つめると、元太《げんた》はそばに立《た》っていた園子《そのこ》を指差《ゆびさ》した。

「この姉《ねえ》ちゃんよりイケてるぜ！　絶対《ぜったい》!!」

園子《そのこ》は「フン！」と腕《うで》を組《く》んで元太《げんた》をにらみつけた。

「ガキには大人《おとな》の魅力《みりょく》がわかんないのよ！」

「とにかく、ボクたちもやりましょう！」

「おう！」

自分《じぶん》も早《はや》く試《ため》してみたくて仕方《しかた》ない光彦《みつひこ》は、元太《げんた》と共《とも》に駆《か》け出《だ》した。ワクワクしながら座席《ざせき》に座《すわ》り、写真《しゃしん》を撮《と》る。

しかし、プリントアウトされた写真《しゃしん》には——ニキビ顔《がお》でどことなくキザっぽい少年《しょうねん》と、太《ふと》った少年《しょうねん》が写《うつ》っていた。二人《ふたり》ともお世辞《せじ》にもカッコイイとは言《い》えない。

「え～～～～」

「ああ……誰《だれ》？」

二人《ふたり》が十年後《じゅうねんご》の自分《じぶん》にガッカリしていると、園子《そのこ》と蘭《らん》が写真《しゃしん》をのぞき込《こ》んだ。

「いるいる、こんな高校生《こうこうせい》！」

「あら、二人《ふたり》とも素敵《すてき》に写《うつ》ってると思《おも》うわ」

「ホ、ホントですか⁉」

蘭《らん》のほめ言葉《ことば》に気《き》を良《よ》くした二人《ふたり》は、嬉《うれ》しそうに改《あらた》めて写真《しゃしん》をまじまじと見《み》つめた。

「次《つぎ》！　私《わたし》と蘭《らん》ね！」

園子《そのこ》が蘭《らん》の腕《うで》を引《ひ》っ張《ぱ》り、機械《きかい》へと向《む》かう。十年後《じゅうねんご》の私《わたし》は今《いま》よりさらに美《うつく》しくて素敵《すてき》な大人《おとな》の女性《じょせい》になっているはず…！　と意気込《いきご》んで写真《しゃしん》を撮《と》った。

しかし、出《で》てきた写真《しゃしん》に写《うつ》っていたのは、ショートヘアの気《き》の強《つよ》そうな女性《じょせい》だった。前《まえ》髪《がみ》をオールバックにして、いかにもキャリアウーマンといった印象《いんしょう》だ。

十年後《じゅうねんご》の自分《じぶん》の写真《しゃしん》を見《み》た園子《そのこ》はその場《ば》に座《すわ》り込《こ》み、「うーん……」とうなった。すると、元太《げんた》と光彦《みつひこ》が写真《しゃしん》をのぞき込《こ》み、さっきのお返《かえ》しとばかりにからかう。

「いるいる、こんなオバさん！」

「うっさいわね！」

「キレイ〰〰♡」

歩美《あゆみ》の声《こえ》に振《ふ》り返《かえ》ると、蘭《らん》のそばでコナンと小五郎《こごろう》が蘭《らん》の写真《しゃしん》を見《み》ていた。

「ホォ〜♡　若《わか》いときの英理《えり》にソックリだな」

写真《しゃしん》をのぞき込《こ》んだコナンも、美《うつく》しく成長《せいちょう》した蘭《らん》の十年後《じゅうねんご》の顔《かお》に思《おも》わず頬《ほお》を染《そ》める。

「新一《しんいち》にはもったいないくらいじゃ！」

阿笠博士《あがさはかせ》の何気《なにげ》ない言葉《ことば》に蘭《らん》がドキッとすると、園子《そのこ》が写真《しゃしん》をのぞき込《こ》んだ。

「これがあやつのいいようにされるかと思《おも》うと、頭《あたま》にくるわね！」

「な、何言《なにい》ってんのよ、園子《そのこ》!!」

頬《ほお》を染《そ》めながら怒《おこ》る蘭《らん》を、光彦《みつひこ》はチラリと見《み》た。蘭《らん》は怒《おこ》りつつも、どこか嬉《うれ》しそうな表《ひょう》情《じょう》をしている。

阿笠博士《あがさはかせ》や園子《そのこ》の言葉《ことば》に、蘭《らん》から少《すこ》し離《はな》れたところにいたコナンは「いやあ、そんな……」と照《て》れくさそうに頭《あたま》をかいた。隣《となり》の小五郎《こごろう》が「アンだぁ……!?」とコナンの顔《かお》をのぞき込《こ》む。

「どーして、おまえが照《て》れてんだよ?」

「え!? だ、だからそれは、そういう意味《いみ》じゃなくて……」

蘭《らん》の写真《しゃしん》を持《も》っていた歩美《あゆみ》は、慌《あわ》てて弁解《べんかい》するコナンをじっと見《み》つめた。

「次《つぎ》は、コナンと灰原《はいばら》……アレッ?」

コナンを指差《ゆびさ》した元太《げんた》が、灰原《はいばら》の姿《すがた》を捜《さが》して周囲《しゅうい》をキョロキョロする。すると、灰原《はいばら》は皆《みな》から離《はな》れて別《べつ》のゲーム機《き》を見《み》ていた。

「おーい、灰原《はいばら》!」

「私《わたし》はいいわ」

「オレもパス」

灰原《はいばら》に続《つづ》いたコナンは、ハァ…と小《ちい》さく息《いき》をついた。

(十年後《じゅうねんご》っていったら、オレは新一《しんいち》の、灰原《はいばら》は宮野志保《みやのしほ》の顔《かお》になっちまうからな……)

すると突然《とつぜん》、小五郎《こごろう》に背後《はいご》から襟《えり》をつかまれ、勢《いきお》いよく体《からだ》を持《も》ち上《あ》げられた。

「十年後《じゅうねんご》のおめえのクソ生意気《なまいき》なツラを拝《おが》んでやる！」

そのまま機械《きかい》まで移動《いどう》し、座席《ざせき》に放《ほう》るようにコナンを落《お》とした。

「灰原《はいばら》さんもやりましょう！」

「ちょ、ちょっと！」

灰原《はいばら》も光彦《みつひこ》と元太《げんた》に無理《むり》やり連《つ》れてこられて、座席《ざせき》に押《お》し込《こ》められた。すぐにヘルメットが頭上《ずじょう》から下《お》りてきて、二人《ふたり》の頭《あたま》にスッポリとかぶさる。

（や、やべェよ！　これ！）

十年後《じゅうねんご》のオレ——新一《しんいち》の写真《しゃしん》が出《で》てきたら、蘭《らん》たちに正体《しょうたい》がバレてしまう……!!

「コナン君《くん》、どんな顔《かお》になるんだろう？」

何《なに》も知《し》らない蘭《らん》は、ワクワク顔《がお》でコナンを見《み》つめた。

コナンと灰原《はいばら》のヘルメットの内部《ないぶ》でピピピ…と光《ひかり》の点《てん》が左右《さゆう》に走《はし》り、フラッシュがたかれた。そしてヘルメットが上《あ》がって写真《しゃしん》が出《で》てくるかと思《おも》うと、いきなりプリンターから
ブーッ、ブーッと警告音《けいこくおん》が鳴《な》った。

プリンターの画面《がめん》には〈ＥＲＲＯＲ《エラー》〉の文字《もじ》が点滅《てんめつ》している。

「エラー？　おかしいなぁ……」

画面《がめん》をのぞき込《こ》む原《はら》が首《くび》をかしげ、コナンは（ラッキー！）と胸《むね》をなでおろした。

「十年後《じゅうねんご》は、二人《ふたり》ともこの世《よ》にいないってことかもね」

灰原《はいばら》はボソリとつぶやくと、険《けわ》しい顔《かお》で椅子《いす》から下《お》りた。冗談《じょうだん》なのか、それとも本気《ほんき》でそう思《おも》っているのか……コナンは複雑《ふくざつ》な気持《きも》ちで灰原《はいばら》の後《うし》ろ姿《すがた》を見《み》つめた。

少《すこ》し離《はな》れたところで電話《でんわ》をしていたちなみは、「はい、わかりました」と携帯電話《けいたいでんわ》を切《き》り、一同《いちどう》に歩《あゆ》み寄《よ》った。

「皆《みな》さん、七十五階《ななじゅうごかい》のパーティ会場《かいじょう》にご案内《あんない》します！　それではエレベーターの方《ほう》へ」

誘導《ゆうどう》しようと体《からだ》の向《む》きを変《か》えたとき、小五郎《こごろう》に軽《かる》くぶつかった。

「あ、すみません」

「いえ」

そばにいた原《はら》が「出《で》たね！」と笑《わら》い出《だ》す。

「彼女《かのじょ》、亥年《いのししどし》で猪突猛進《ちょとつもうしん》なんですよ」

「なるほど、よくやるんですな！」

小五郎《こごろう》たちが笑《わら》うと、ちなみは恥《は》ずかしそうにペロッと小《ちい》さく舌《した》を出《だ》した。

ちなみに案内《あんない》されて、一同《いちどう》は展望《てんぼう》エレベーターに乗《の》り込《こ》んだ。

A塔《エーとう》の外壁《がいへき》に添《そ》って昇《のぼ》っていくエレベーターはガラス張《ば》りになっていて、目《め》の前《まえ》に見《み》えていた街並《まちな》みがどんどん小《ちい》さくなっていった。遠《とお》くに渋谷《しぶや》の街《まち》や新宿《しんじゅく》の高層《こうそう》ビル群《ぐん》が見《み》えてくる。

「このエレベーター、七十五階《ななじゅうごかい》まで直通《ちょくつう》なんですか？」

蘭《らん》がたずねると、ちなみは「はい」とうなずいた。その後《うし》ろでは、高所恐怖症《こうしょきょうふしょう》の小五郎《こごろう》が目《め》をつぶり必死《ひっし》で耐《た》えている。

「これはVIP《ビップ》専用《せんよう》のエレベーターですから、行《い》きたい階《かい》に直通《ちょくつう》です！　エレベーターの外《そと》から停《と》めることができるのは、六十六階《ろくじゅうろっかい》のコンサートホールだけになります」

エレベーターは高速《こうそく》で最上階《さいじょうかい》へと上昇《じょうしょう》し、ガラスにへばりついていた子《こ》どもたちは、ミニチュア模型《もけい》のように小《ちい》さくなっていく東京《とうきょう》の街《まち》を眺《なが》めて「わぁ～」と声《こえ》を上《あ》げた。

「スゴイ景色《けしき》ですね～！」

「どんどん天国《てんごく》に近《ちか》づいているみたい」

やがて階数《かいすう》を示《しめ》す表示板《ひょうじばん》が〈75〉に変《か》わり、エレベーターが停《と》まった。扉《とびら》が開《ひら》くと、ちなみに続《つづ》いて小五郎《こごろう》が我先《われさき》にと出《で》てきて、ホッと額《ひたい》の汗《あせ》をぬぐう。

エレベーターを降《お》りるとそこは広々《ひろびろ》としたホールになっていて、大勢《おおぜい》のスタッフがテーブルや舞台《ぶたい》の設置《せっち》などのパーティの準備《じゅんび》に追《お》われていた。

「ここはただ今《いま》、オープンパーティの準備《じゅんび》をしておりますので、多少《たしょう》立《た》て込《こ》んでおります」

ちなみが一同《いちどう》に説明《せつめい》しながらホールを進《すす》んでいくと、舞台《ぶたい》の前《まえ》で三人《さんにん》の男性《だんせい》と話《はなし》をしていた赤《あか》いスーツの女性《じょせい》が振《ふ》り返《かえ》った。

「毛利先輩《もうりせんぱい》！」

「常磐君《ときわくん》、しばらく」

小五郎《こごろう》に歩《あゆ》み寄《よ》った常磐美緒《ときわみお》(36)は、笑顔《えがお》で握手《あくしゅ》を交《か》わした。前髪《まえがみ》を大《おお》きく立《た》ち上《あ》げたショートヘアの美緒《みお》は真《ま》っ赤《か》な口紅《くちべに》とスーツが良《よ》く似合《にあ》い、財閥令嬢《ざいばつれいじょう》らしい華《はな》やかな女《じょ》性《せい》だった。と同時《どうじ》に〈ＴＯＫＩＷＡ《トキワ》〉の社長《しゃちょう》だけに、どこか勝気《かちき》で快活《かいかつ》な印象《いんしょう》も受《う》ける。

「遠《とお》いところをよくおいでくださいました」

「いやぁ〜、一人《ひとり》で来《く》るはずだったんだが……」

小五郎《こごろう》が申《もう》し訳《わけ》なさそうに頭《あたま》をかくと、後《うし》ろにいた蘭《らん》が小五郎《こごろう》の横《よこ》にズイッと出《で》てきた。

「娘《むすめ》の蘭《らん》です！　母《はは》がくれぐれもよろしくとのことでした」

「おい、蘭《らん》！」

さりげなく美緒《みお》をけん制《せい》する蘭《らん》に小五郎《こごろう》が顔《かお》をしかめる。が、蘭《らん》は平然《へいぜん》とした顔《かお》で「ご紹介《しょうかい》します」と一同《いちどう》を振《ふ》り返《かえ》った。

「同級生《どうきゅうせい》の鈴木園子《すずきそのこ》と、発明家《はつめいか》の阿笠博士《あがさはかせ》。そして、江戸川《えどがわ》コナン君《くん》、灰原哀《はいばらあい》ちゃん、吉《よし》田歩美《だあゆみ》ちゃん、円谷光彦君《つぶらやみつひこくん》、小嶋元太君《こじまげんたくん》です」

「よろしく皆《みな》さん、常磐美緒《ときわみお》です。私《わたくし》もご紹介《しょうかい》しますわ」

美緒《みお》はそう言《い》って後《うし》ろにいた男性《だんせい》たちを手《て》で示《しめ》した。

「私《わたくし》の絵《え》の師匠《ししょう》で日本画家《にほんがか》の如月峰水先生《きさらぎほうすいせんせい》です」

白髪《はくはつ》を後《うし》ろで束《たば》ねた着物姿《きものすがた》の老人《ろうじん》が、不機嫌《ふきげん》そうに会釈《えしゃく》をする。

「如月峰水《きさらぎほうすい》って、あの富士山《ふじさん》の絵《え》で有名《ゆうめい》な……？」

小五郎《こごろう》がたずねると、いきなり赤《あか》ら顔《がお》の男《おとこ》が割《わ》り入《い》って小五郎《こごろう》の胸《むね》を指差《ゆびさ》した。

「俺《おれ》もあんたのこと知《し》ってるぞ！　『居眠《いねむ》り小五郎《こごろう》』とかいう探偵《たんてい》だろ？」

「『眠《ねむ》りの小五郎《こごろう》』です！」

（このおっさん、酒臭《さけくせ》え……！）

ムッとしながら答《こた》える小五郎《こごろう》のそばにいたコナンは、思《おも》わず顔《かお》をそらして鼻《はな》をつまんだ。頭頂部《とうちょうぶ》の薄《うす》い小太《こぶと》りな男性《だんせい》からは酒《さけ》の臭《にお》いが漂《ただよ》い、子《こ》どもたちも顔《かお》をしかめる。

「西多摩市《にしたまし》、市議会議員《しぎかいぎいん》の大木岩松先生《おおきいわまつせんせい》です！　このビルを建設《けんせつ》する際《さい》には、いろいろとお骨折《ほねお》りいただきました」

美緒《みお》が紹介《しょうかい》すると、半分酔《はんぶんよ》っ払《ぱら》っている大木岩松《おおきいわまつ》（55）は威圧感《いあつかん》を誇示《こじ》するように胸《むね》を張《は》ってみせた。美緒《みお》がさらに後方《こうほう》の男性《だんせい》を振《ふ》り返《かえ》る。

「そしてこちらは、このビルを設計《せっけい》してくださった建築家《けんちくか》の風間英彦《かざまひでひこ》さんです」

「私《わたし》、毛利《もうり》さんとは少《すこ》し縁《えん》があるんですよ」

ノーネクタイのスーツの胸元《むなもと》にポケットチーフをしのばせた風間英彦《かざまひでひこ》（41）は、意味《いみ》ありげな言葉《ことば》と共《とも》に小五郎《こごろう》に鋭《するど》い視線《しせん》を投《な》げかけた。

「実《じつ》は私《わたし》、森谷帝二《もりやていじ》の弟子《でし》なんです」

「えっ⁉」

(森谷帝二《もりやていじ》の……⁉)

新一《しんいち》に挑戦状《ちょうせんじょう》を送《おく》りつけ、東都鉄道《とうとてつどう》や米花《べいか》シティビルに爆弾《ばくだん》を仕掛《しか》けた男《おとこ》――その名前《なまえ》に小五郎《こごろう》とコナンが凍《こお》りつく。すると、風間《かざま》はニヤリと笑《わら》った。

「でもご心配《しんぱい》なく。私《わたし》は森谷《もりや》のようにこのビルを爆破《ばくは》したりしませんから」

「ば、爆破《ばくは》って……?」

小五郎《こごろう》が風間《かざま》の言葉《ことば》の意味《いみ》を計《はか》りかねていると、

「ビルの高《たか》さが違《ちが》って、左右対称《さゆうたいしょう》じゃないからでしょ?」

コナンが代《か》わりに答《こた》えた。

森谷帝二《もりやていじ》はイギリス古典建築《こてんけんちく》のシンメトリー(左右対称《さゆうたいしょう》)に心酔《しんすい》するあまり、若《わか》かりし頃《ころ》に己《おのれ》が手《て》がけた左右非対称《さゆうひたいしょう》の建築物《けんちくぶつ》を破壊《はかい》しようとしたのだ。

「ほぉ……詳《くわ》しいね、ボウヤ」

風間《かざま》はコナンを見下《みお》ろし、フッと笑《え》みを浮《う》かべた。その怪《あや》しげな表情《ひょうじょう》に、コナンが眉《まゆ》をひそめる。

すると、窓《まど》の方《ほう》を見《み》ていた光彦《みつひこ》が何《なに》かを見《み》つけて、窓際《まどぎわ》に走《はし》り出《だ》した。「早《はや》く早《はや》く！」と歩美《あゆみ》と元太《げんた》を呼《よ》ぶ。

「スゴイ近《ちか》くに見《み》えますよ！」

それは、富士山《ふじさん》だった。ホールの両側《りょうがわ》は巨大《きょだい》なガラス窓《まど》が設《もう》けられていて、そこから富《ふ》士山《じさん》が一望《いちぼう》できるのだ。

「キレー♡」「でっけーっ!!」

窓《まど》にへばりついた子《こ》どもたちが富士山《ふじさん》の雄大《ゆうだい》さに感動《かんどう》していると、美緒《みお》のそばに立《た》った小五郎《こごろう》と蘭《らん》も首《くび》を伸《の》ばして窓《まど》の方《ほう》を見《み》つめた。

「ほォー！　これは絶景《ぜっけい》ですな!!」

「ここは夜《よる》でも富士《ふじ》が見《み》えるんですよ」

「へ？」

「夜《よる》でも……？」

美緒《みお》の意味《いみ》ありげな言葉《ことば》に、小五郎《こごろう》たちはきょとんとした。コナンも不思議《ふしぎ》そうに美緒《みお》を見《み》つめる。

（どういう意味《いみ》だ？　夜《よる》でも富士《ふじ》が見《み》えるって……）

「反対側《はんたいがわ》の窓《まど》は何《なに》が見《み》えんだ⁉」

子《こ》どもたちがホールを横切《よこぎ》り、隣《となり》のビル側《がわ》の窓《まど》に駆《か》け寄《よ》った。

窓《まど》に手《て》をついて下《した》をのぞき込《こ》んだ元太《げんた》が「何《なん》だアレ⁉」と声《こえ》を上《あ》げる。

窓《まど》からはB塔《ビーとう》の屋上《おくじょう》を見下《みお》ろすことができ、その中央《ちゅうおう》は半球形《はんきゅうけい》の屋根《やね》で覆《おお》われていた。

「ドームの屋根《やね》みたい！」

歩美《あゆみ》と光彦《みつひこ》も窓《まど》にへばりついて見下《みお》ろしていると、美緒《みお》たちも窓《まど》に歩《あゆ》み寄《よ》ってきた。

「隣《となり》のB塔《ビーとう》は商業棟《しょうぎょうとう》で下《した》の方《ほう》は店舗《てんぽ》、上《うえ》の方《ほう》はホテルになってます。最上階《さいじょうかい》には屋内《おくない》プールがありまして、あのドームは開閉《かいへい》できるようになってるんです」

「ほォー、大《たい》したもんだ」

感心《かんしん》する小五郎《こごろう》の背後《はいご》から、大木《おおき》が「なぁ、美緒君《みおくん》」と声《こえ》をかける。

「週末《しゅうまつ》、あのホテルに泊《と》めてくれんか？」

「あ、でもまだオープン前《まえ》でして……」

「イヤだってことか？」

大木《おおき》がスネたように顔《かお》をそむけると、美緒《みお》はすぐに「わかりました」と頭《あたま》を下《さ》げた。

「六十七階《ろくじゅうななかい》のスイートをご用意《ようい》いたします」

「できれば夕食《ゆうしょく》も共《とも》にしたいものだ。――ん？」

好色《こうしょく》な目《め》つきでささやいた大木《おおき》は、美緒《みお》の胸元《むなもと》に飾《かざ》られたブローチに気《き》づいた。

花《はな》のような形《かたち》をしたそのブローチは、盛《も》り上《あ》がった中央《ちゅうおう》の台座《だいざ》に大《おお》きな宝石《ほうせき》がはめ込《こ》まれ、小《ちい》さな宝石《ほうせき》を埋《う》め込《こ》んだ花《はな》びら形《がた》のパーツが下向《したむ》きになって台座《だいざ》を囲《かこ》んでいた。横《よこ》から見《み》るとお椀《わん》を逆《さか》さにしたような形《かたち》になっている。

「変《か》わったブローチじゃないか……いい人《ひと》の贈《おく》り物《もの》かな？」

「いえ、自分《じぶん》で求《もと》めたものでございます」

美緒《みお》はブローチを手《て》でさりげなく隠《かく》し、やんわりと否定《ひてい》した。すると突然《とつぜん》、舞台《ぶたい》の前《まえ》にいた如月《きさらぎ》が「美緒君《みおくん》!!」と呼《よ》んだ。

「私《わたし》は帰《かえ》らせてもらうぞ！」

「あ、それじゃあ下《した》まで……」

「見送《みおく》りはいらん!!」

如月《きさらぎ》は吐《は》き捨《す》てるように言《い》って一人《ひとり》でエレベーターに向《む》かった。美緒《みお》とちなみが慌《あわ》てて後《あと》を追《お》う。

「何《なに》やらご立腹《りっぷく》のようですな」

小五郎《こごろう》の言葉《ことば》に、風間《かざま》は皮肉《ひにく》まじりの笑《え》みを浮《う》かべた。

「美緒《みお》さん、如月先生《きさらぎせんせい》の絵《え》を買《か》い占《し》めて高《たか》く売《う》ったんですよ、それでちょっとね……」

小五郎《こごろう》のそばでコナンが風間《かざま》の話《はなし》を聞《き》いていると、窓際《まどぎわ》にいた元太《げんた》が「チョコレートだ！」と叫《さけ》んだ。

一同《いちどう》が振《ふ》り返《かえ》ると――子《こ》どもたちの後《うし》ろにいた原《はら》がチョコレートを食《た》べていた。

「やあ見《み》られてしまったね、君《きみ》たちにもあげるよ」

「わーい！　やったー!!」

原《はら》からチョコレートを受《う》け取《と》った子《こ》どもたちは、おいしそうに口《くち》に含《ふく》んだ。その様子《ようす》を見《み》ていた小五郎《こごろう》たちの元《もと》に、如月《きさらぎ》を見送《みおく》った美緒《みお》が戻《もど》ってきた。

「プログラマーとしては天才的《てんさいてき》なんですが、子《こ》どもっぽくて……」

「まあ、だから面白《おもしろ》いゲームを作《つく》れるんじゃよ」

阿笠博士《あがさはかせ》が原《はら》をフォローする。

チョコレートを食《た》べていた原《はら》は、「そうだ！」と何《なに》かを思《おも》いついたように子《こ》どもたちへ顔《かお》を向《む》けた。

「今《いま》、新《あたら》しいゲームソフトを考《かんが》えてるんだけど、よかったら君《きみ》たちの意見《いけん》を聞《き》かせてくれないか？」

子《こ》どもたちが「わあ～！」と目《め》を輝《かがや》かせる。

「ゲームの!?」「いいですよ！」

子《こ》どもたちが答《こた》えると、原《はら》はニッコリと笑《わら》った。

「ボクのマンション、双宝町《そうほうちょう》なんだ」

「わたしたち米花町《べいかちょう》です！」

「じゃあ近《ちか》いね、バスですぐだよ。次《つぎ》の日曜日《にちようび》、遊《あそ》びに来《こ》ないか？」

「はーい！　行《い》きまーす!!」

子《こ》どもたちが元気《げんき》よく返事《へんじ》をするそばで、灰原《はいばら》は興味《きょうみ》なさそうにクルリと後《うし》ろを向《む》いて離《はな》れていった。

「どうしたの？　哀《あい》ちゃん」

声《こえ》をかけた蘭《らん》に「別《べつ》に……」と素《そ》っ気《け》なく答《こた》え、歩《ある》いていく。すると、浮《う》かない顔《かお》をした光彦《みつひこ》が蘭《らん》に近《ちか》づいてきた。

「蘭《らん》さん、実《じつ》は折《お》り入《い》ってご相談《そうだん》したいことがあるんですが……明日《あした》、会《あ》っていただけませんか？」

「ええ、いいけど……？」

「時間《じかん》と場所《ばしょ》は後《のち》ほど」

光彦《みつひこ》が一礼《いちれい》して去《さ》っていくと、今度《こんど》は歩美《あゆみ》が「蘭《らん》お姉《ねえ》さん」と話《はな》しかけてきた。

「二人《ふたり》だけで話《はな》したいことがあるの」

「え……？」

二人《ふたり》から立《た》て続《つづ》けに言《い》われた蘭《らん》は、呆気《あっけ》に取《と》られ、目《め》をパチパチさせた。

園子《そのこ》は蘭《らん》たちから離《はな》れ、富士山側《ふじさんがわ》の窓《まど》の近《ちか》くにある展示台《てんじだい》に腰《こし》かけていた。ショールームで撮《と》ってもらった十年後《じゅうねんご》の自分《じぶん》の写真《しゃしん》を不満《ふまん》げに見《み》つめる。

「やっぱ髪型《かみがた》が問題《もんだい》よね！」

ふと顔《かお》を上《あ》げると、目《め》の前《まえ》を灰原《はいばら》が横切《よこぎ》っていった。ウェーブがかかった灰原《はいばら》の髪《かみ》をじっと見《み》る。

「わたしもウェーブかけてみようかな」

園子《そのこ》は自分《じぶん》の髪《かみ》を指《ゆび》にクルリとからませてみた。


パーティの準備《じゅんび》が着々《ちゃくちゃく》と進《すす》む中《なか》、展望《てんぼう》エレベーターの扉《とびら》が開《ひら》き、〈TOKIWA《トキワ》〉の男性社員二人《だんせいしゃいんふたり》がホールに入《はい》ってきた。それぞれテーブルクロスと花《はな》を抱《かか》え、談笑《だんしょう》しながらホールを進《すす》んでいく。

「いやぁ、今《いま》どきあんな車《くるま》を見《み》るなんてなぁ……何《なん》て言《い》ったっけ？」

「ポルシェ356A《エー》だよ」

（何《なに》――!?）

その車種名《しゃしゅめい》を耳《みみ》に入《い》れたコナンが驚《おどろ》いて振《ふ》り返《かえ》ると同時《どうじ》に、美緒《みお》が「君《きみ》たち!!」と社員《しゃいん》をにらみつけた。

「そのエレベーターはＶＩＰ《ビップ》専用《せんよう》ですよ！　社員《しゃいん》は裏《うら》の一般用《いっぱんよう》を使《つか》いなさい!!」

「は、はい！」「申《もう》し訳《わけ》ありません！」

コナンは直立不動《ちょくりつふどう》で固《かた》まる社員《しゃいん》たちに駆《か》け寄《よ》り、「ねぇ！」と声《こえ》をかけた。

「その車《くるま》どこで見《み》たの？　色《いろ》は!?」

「え？　ああ、このビルの前《まえ》に停《と》まってたんだ……色《いろ》は黒《くろ》だよ」

黒《くろ》のポルシェ３５６Ａ《エー》――ジンの車《くるま》だ!!

確信《かくしん》したコナンは社員《しゃいん》の横《よこ》を通《とお》り抜《ぬ》け、展望《てんぼう》エレベーターのボタンを押《お》した。

「ちょっと、コナン君《くん》!?」

「コラ！　どこ行《い》くんだ!!」

蘭《らん》と小五郎《こごろう》が驚《おどろ》いて声《こえ》をかけるが、コナンは無視《むし》してエレベーターに駆《か》け込《こ》む。

灰原《はいばら》は固《かた》い表情《ひょうじょう》で閉《し》まったエレベーターの扉《とびら》を見《み》つめた。

(早《はや》く！　早《はや》く……!!)

高速《こうそく》で下《お》りていくエレベーターの中《なか》で、コナンはガラスにへばりついて真下《ました》を見下《みお》ろした。みるみるうちに地上《ちじょう》が迫《せま》り、正面玄関《しょうめんげんかん》の前《まえ》に停《と》まっている黒《くろ》のポルシェが見《み》えてくる。

(あれだ!!)

もうすぐ一階《いっかい》に到着《とうちゃく》すると思《おも》ったとき——突然《とつぜん》、ジンの車《くるま》が走《はし》り出《だ》した。

(ああーっ!!)

コナンはエレベーターから飛《と》び出《だ》し、ロビーを突《つ》っ切《き》って正面玄関《しょうめんげんかん》に出《で》た。

しかし、そこにもうジンの車《くるま》はなかった。

肩《かた》で息《いき》をしながら道路《どうろ》の先《さき》を見《み》つめたコナンは、クソッと歯噛《はが》みした。

もう少《すこ》しでアイツらに近《ちか》づくことができたのに……!!

(だが……)

悔《くや》しがるコナンの頭《あたま》に、ふと疑問《ぎもん》が湧《わ》き上《あ》がる。

(ヤツらがどうしてこのビルに……?)

コナンはツインタワービルを振《ふ》り仰《あお》いだ。

このビルが黒《くろ》ずくめの組織《そしき》と関係《かんけい》があるのか、それとも——。

彼《かれ》らの意図《いと》がつかめないコナンの胸《むね》に、拭《ぬぐ》い切《き》れない影《かげ》がじわじわと広《ひろ》がっていった。

3

翌日《よくじつ》。蘭《らん》は米花町《べいかちょう》のハンバーガーショップで光彦《みつひこ》と待《ま》ち合《あ》わせをした。ジュースとパイ、そしてポテトフライを注文《ちゅうもん》し、窓際《まどぎわ》のカウンター席《せき》に並《なら》んで座《すわ》ると、光彦《みつひこ》はジュースを一《ひと》口飲《くちの》んで「実《じつ》は……」と話《はなし》を切《き》り出《だ》した。

「ボク、幼稚園《ようちえん》のときから歩美《あゆみ》ちゃんのことが好《す》きだったんです…、でも、歩美《あゆみ》ちゃんはコナン君《くん》が好《す》きみたいで……」

うつむいていた光彦《みつひこ》が、突然《とつぜん》キリッとした表情《ひょうじょう》で蘭《らん》を見《み》る。

「教《おし》えてください、蘭《らん》さん！　どうやったら蘭《らん》さんと新一《しんいち》さんのように、幼《おさな》なじみで恋人《こいびと》同士《どうし》になれるのかを！」

蘭《らん》は「ちょ、ちょっと待《ま》って」と両手《りょうて》を胸《むね》の前《まえ》で振《ふ》った。

「わたしと新一《しんいち》は別《べつ》に――」

「それに、最近《さいきん》では灰原《はいばら》さんのことも気《き》になって……」

「え？」

驚《おどろ》いた蘭《らん》は、再《ふたた》びうつむく光彦《みつひこ》の顔《かお》をのぞき込《こ》んだ。

「同時《どうじ》に二人《ふたり》の女性《じょせい》を好《す》きになってしまったボクって、いけない男《おとこ》なんでしょうか？」

真面目《まじめ》な顔《かお》でたずねる光彦《みつひこ》に、蘭《らん》は思《おも》わず目《め》をパチパチさせた。

小学一年生《しょうがくいちねんせい》の男《おとこ》の子《こ》がそんなことで悩《なや》むなんて、正直驚《しょうじきおどろ》いてしまう。でも、光彦《みつひこ》は真剣《しんけん》なのだ――。

彼《かれ》の気持《きも》ちを理解《りかい》した蘭《らん》は、優《やさ》しい笑顔《えがお》になった。

「別《べつ》にいけなくなんかないわ。人《ひと》を好《す》きになるってスゴくいいことだし、そういう気持《きも》ちは大切《たいせつ》にした方《ほう》がいいと思《おも》う」

「じゃあ……！」

ホッと嬉《うれ》しそうな顔《かお》になった光彦《みつひこ》に、蘭《らん》は「でも」と付《つ》け足《た》した。

「今《いま》はまだ仲《なか》のいい友《とも》だちでいいんじゃないかしら、歩美《あゆみ》ちゃんとも哀《あい》ちゃんとも……もちろん、コナン君《くん》や元太君《げんたくん》ともね！」

少《すこ》し考《かんが》えた光彦《みつひこ》は目《め》をパチパチさせると、「わかりました！」と何《なに》かが吹《ふ》っ切《き》れたような笑顔《えがお》で答《こた》えた。


光彦《みつひこ》と別《わか》れたあと、蘭《らん》は歩美《あゆみ》と待《ま》ち合《あ》わせをしているドーナツショップに向《む》かった。

店《みせ》の前《まえ》に出《だ》されたテーブルにはドーナツの入《はい》った箱《はこ》が置《お》かれ、女性店員《じょせいてんいん》が「ただいまドーナツ五個《ごこ》、半額《はんがく》でーす！」と道行《みちゆ》く人《ひと》に声《こえ》をかけている。

蘭《らん》は二人分《ふたりぶん》のドーナツと飲《の》み物《もの》を注文《ちゅうもん》すると、歩美《あゆみ》と向《む》かい合《あ》わせでテーブル席《せき》に座《すわ》った。おいしそうなドーナツを前《まえ》にしても、歩美《あゆみ》はどこか沈《しず》んだ表情《ひょうじょう》をしている。

「わたし……コナン君《くん》のことが大好《だいす》き。でも、コナン君《くん》には他《ほか》に好《す》きな人《ひと》がいるの」

「……それって、もしかして哀《あい》ちゃん？」

歩美《あゆみ》は「ううん」と首《くび》を横《よこ》に振《ふ》った。

「蘭《らん》お姉《ねえ》さんよ！」

「まさか！」

突拍子《とっぴょうし》もない答《こた》えに蘭《らん》が思《おも》わず笑《わら》ってしまうと、歩美《あゆみ》は真面目《まじめ》な顔《かお》で「コナン君《くん》は蘭《らん》お姉《ねえ》さんのことが好《す》きなのよ！　絶対《ぜったい》!!」と訴《うった》えた。

「だから、蘭《らん》お姉《ねえ》さんからコナン君《くん》に言《い》ってほしいの！　わたしには新一《しんいち》さんっていう恋《こい》人《びと》がいるから、わたしのことはあきらめてって！」

「あ、あのね……」

「でないとコナン君《くん》、かわいそうだよ……」

歩美《あゆみ》はそう言《い》うと、悲《かな》しげにうつむいた。

「でも、まだコナン君《くん》がわたしのこと好《す》きだとわかったわけじゃないし——」

「わかるもん！」

「どうして？」

「女《おんな》のカンよ!!」

歩美《あゆみ》は確信《かくしん》に満《み》ちた顔《かお》できっぱりと言《い》い放《はな》った。

「そ、そう……」

小学一年生《しょうがくいちねんせい》の女《おんな》の子《こ》の口《くち》からそんなセリフが出《で》てくるとは思《おも》いもせず、蘭《らん》は呆気《あっけ》に取《と》られてしまった。

夕方《ゆうがた》になると米花駅《べいかえき》からは帰途《きと》につく通勤客《つうきんきゃく》が続々《ぞくぞく》と出《で》てきて、タバコ屋《や》の横《よこ》で電話《でんわ》をかけているコナンの後《うし》ろを通《とお》り過《す》ぎていった。

「え？　何《なん》だって⁉」

蝶《ちょう》ネクタイ型変声機《がたへんせいき》を口《くち》に当《あ》てたコナンは、蘭《らん》の話《はなし》に驚《おどろ》いて思《おも》わず訊《き》き返《かえ》した。

『だからぁ、コナン君《くん》に好《す》かれてるみたいなのよ、わたし！』

「な、何言《なにい》ってんだよ！　好《す》きじゃねーよ、バーロ‼」

コナンが焦《あせ》って言《い》うと、受話器《じゅわき》から『はぁ〜⁉』と蘭《らん》の訝《いぶか》しげな声《こえ》が聞《き》こえてくる。

『どうして、あんたにそんなことわかんのよ？』

「あ、いや、まぁ、ガキの頃《ころ》の恋愛《れんあい》はハシカみたいなものだから気《き》にすることねえって」

『ちょっとぉ！　真面目《まじめ》に考《かんが》えてよね‼』

蘭《らん》のとがり声《ごえ》に、コナンは耳《みみ》を受話器《じゅわき》から遠《とお》ざけた。そして、うーんと少《すこ》し考《かんが》える。

「……だったら、変《へん》なウソついたりしないで、自分《じぶん》に正直《しょうじき》になるんだな」

『自分《じぶん》に正直《しょうじき》に……？』

「そうすりゃ、自《おの》ずと答《こた》えは見《み》つかるんじゃねーか？」

そのとき、タバコ屋《や》のおばあさんがヌッと顔《かお》を出《だ》した。蝶《ちょう》ネクタイ型変声機《がたへんせいき》を使《つか》うコナンを不思議《ふしぎ》そうに見《み》つめる。

「あ、じゃあな！　また電話《でんわ》する!!」

コナンは慌《あわ》てて受話器《じゅわき》を戻《もど》し、逃《に》げるように駆《か》け出《だ》した。後方《こうほう》をチラリとうかがいながら走《はし》り、おばあさんの顔《かお》が見《み》えなくなると立《た》ち止《ど》まり、ハァ…と深《ふか》く息《いき》をつく。

「……正直《しょうじき》にならなきゃいけねーのは、オレの方《ほう》だよな……」

蘭《らん》にアドバイスした言葉《ことば》が自分《じぶん》に跳《は》ね返《かえ》ってきて、胸《むね》がチクリと痛《いた》んだ。

新一《しんいち》としても、コナンとしても、蘭《らん》には今《いま》までウソを重《かさ》ね続《つづ》けてきた。

いつか本当《ほんとう》のことを、自分《じぶん》の気持《きも》ちを、正直《しょうじき》に話《はな》せるときが来《く》るんだろうか——？

昼間《ひるま》はその圧倒的《あっとうてき》な存在感《そんざいかん》を示《しめ》していたツインタワービルも、夜《よる》になると闇《やみ》に同化《どうか》するようにその姿《すがた》も隠《かく》れていき、頂上《ちょうじょう》から等間隔《とうかんかく》に設置《せっち》された航空障害灯《こうくうしょうがいとう》の赤《あか》い光《ひかり》がビルの輪郭《りんかく》をぼんやりと浮《う》かび上《あ》がらせていた。オープン前《まえ》のビルはA塔《エーとう》の照明《しょうめい》が全《すべ》て消《き》え、B塔《ビーとう》は大木《おおき》が一人《ひとり》で宿泊《しゅくはく》しているスイートルームがある六十七階《ろくじゅうななかい》と、その上《うえ》の六十八階《ろくじゅうはちかい》のみ明《あ》かりがついている。

「な、何《なに》を……!?」

訪問者《ほうもんしゃ》にナイフを突《つ》きつけられた大木《おおき》は、驚《おどろ》きと恐怖《きょうふ》に顔《かお》をゆがませた。後《あと》ずさった背中《せなか》に、クローゼットの扉《とびら》が当《あ》たる。

正面《しょうめん》に立《た》った訪問者《ほうもんしゃ》は鋭《するど》い目《め》で大木《おおき》を見据《みす》え、ナイフを両手《りょうて》で構《かま》えた。そしてそのまま大木《おおき》の胸元《むなもと》に飛《と》び込《こ》む。

「うわあ〜〜〜〜〜っ!!」

人影《ひとかげ》のない静《しず》まり返《かえ》った廊下《ろうか》に、断末魔《だんまつま》の叫《さけ》びがむなしく響《ひび》き渡《わた》った。

翌日《よくじつ》。小五郎《こごろう》は目暮十三警部《めぐれじゅうぞうけいぶ》に呼《よ》ばれて警視庁《けいしちょう》を訪《おとず》れた。呼《よ》ばれたのは小五郎《こごろう》だけではなく、コナンや蘭《らん》、園子《そのこ》、阿笠博士《あがさはかせ》、灰原《はいばら》、そして子《こ》どもたちも一緒《いっしょ》だった。会議室《かいぎしつ》に通《とお》されるとそこには白鳥任三郎警部《しらとりにんざぶろうけいぶ》と千葉刑事《ちばけいじ》もいて、一同《いちどう》は大《おお》きなテーブルを囲《かこ》むように座《すわ》った。

「君《きみ》たちに来《き》てもらったのは他《ほか》でもない、実《じつ》は、ツインタワービルのスイートルームで刺殺体《しさつたい》が発見《はっけん》された」

目暮《めぐれ》が説明《せつめい》すると、千葉《ちば》がホワイトボードに被害者《ひがいしゃ》の顔写真《かおじゃしん》を貼《は》った。

「あ！　この人《ひと》……!!」

「西多摩市議《にしたましぎ》の大木岩松氏《おおきいわまつし》！」

一同《いちどう》の驚《おどろ》きに、目暮《めぐれ》が軽《かる》くうなずく。

「彼《かれ》が常磐美緒《ときわみお》さんに宿泊《しゅくはく》を頼《たの》んだとき、君《きみ》たちがそばにいたと聞《き》いてな。千葉君《ちばくん》！」

千葉《ちば》は「はい！」と持《も》っていた資料《しりょう》に目《め》を落《お》とした。

「大木氏《おおきし》の死亡推定時刻《しぼうすいていじこく》は、午後十時《ごごじゅうじ》から午前零時《ごぜんれいじ》の間《あいだ》です…凶器《きょうき》はナイフと思《おも》われますが、現場《げんば》には残《のこ》っていません。ただ、大木氏《おおきし》の手《て》には二《ふた》つに割《わ》られたおちょこが握《にぎ》られていました」

「おちょこ……？」

小五郎《こごろう》がたずねると、白鳥《しらとり》が「これです」と箱《はこ》からビニール袋《ぶくろ》に入《はい》ったおちょこを取《と》り出《だ》して見《み》せた。

「このおちょこは割《わり》と高価《こうか》な品《しな》でな、酒好《さけず》きの大木氏《おおきし》が日本酒《にほんしゅ》と共《とも》に持《も》ち込《こ》んだ可能性《かのうせい》が高《たか》く、犯人《はんにん》を示《しめ》すダイイングメッセージではないかと考《かんが》えている」

目暮《めぐれ》が説明《せつめい》する間《あいだ》に、千葉《ちば》はホワイトボードに五人《ごにん》の顔写真《かおじゃしん》を貼《は》り付《つ》けていった。

常磐美緒《ときわみお》、如月峰水《きさらぎほうすい》、風間英彦《かざまひでひこ》、原佳明《はらよしあき》、そして沢口《さわぐち》ちなみ。

小五郎《こごろう》はテーブルに置《お》かれたおちょこから顔《かお》を上《あ》げ、ホワイトボードの写真《しゃしん》を見《み》つめた。

「つまり警察《けいさつ》は、容疑者《ようぎしゃ》があの五人《ごにん》の中《なか》にいると考《かんが》えているわけですな」

「現場《げんば》がまだオープンされていないビルということもありましてね」

白鳥《しらとり》が言《い》うと、小五郎《こごろう》は腕《うで》を組《く》んで、うーん……と考《かんが》え始《はじ》めた。そしてすぐに「わかった!!」と手《て》を打《う》つ。

「おちょこはずばり、チョコレートのこと！　犯人《はんにん》はチョコレート好《ず》きの原佳明氏《はらよしあきし》です!!」

子《こ》どもたちは「ええっ⁉」と驚《おどろ》きの声《こえ》を上《あ》げた。

「うそーっ！」

「違《ちが》いますよ、原《はら》さんは！」

「原《はら》さんはオレたちにチョコレート分《わ》けてくれたいい人《ひと》だもんな！」

子《こ》どもたちが一斉《いっせい》に異議《いぎ》を唱《とな》えて、小五郎《こごろう》は「コラッ！　そこうるさいぞ！」と叱《しか》りつけた。するとと、目暮《めぐれ》が口《くち》をはさんだ。

「原《はら》さんは恐《おそ》らくシロだ」

「へ？」

「五人《ごにん》に事情聴取《じじょうちょうしゅ》したところ、原《はら》さんにだけアリバイがあったんだ」

「アリバイ……？　警部《けいぶ》も人《ひと》が悪《わる》い、それを先《さき》に言《い》ってくださいよ〜！」

小五郎《こごろう》が恥《は》ずかしそうに頭《あたま》をかくと、元太《げんた》が手《て》を挙《あ》げた。

「おちょこってオッチョコチョイのことじゃねーか？」

「それなら、最《もっと》も怪《あや》しいのは毛利《もうり》さんということに……」

真面目《まじめ》な顔《かお》で答《こた》える白鳥《しらとり》に、小五郎《こごろう》が「コラッ、白鳥《しらとり》！」と怒鳴《どな》る。

「冗談《じょうだん》ですよ」

「つたくう、もぉ……」

ふてくされる小五郎《こごろう》を尻目《しりめ》に、阿笠博士《あがさはかせ》は「動機《どうき》についてはどうなんじゃ？」と目暮《めぐれ》に質問《しつもん》した。

「ただいま調査中《ちょうさちゅう》ですが、大木氏《おおきし》は西多摩市《にしたまし》の市議《しぎ》といっても、実質的《じっしつてき》には市長《しちょう》より力《ちから》を持《も》っていたようです」

「今度《こんど》のツインタワービル建設《けんせつ》の際《さい》も、本来《ほんらい》は高層建築《こうそうけんちく》が建《た》てられない市《し》の条例《じょうれい》を強引《ごういん》に改正《かいせい》させたそうです」

白鳥《しらとり》が付《つ》け加《くわ》えると、蘭《らん》は一昨日《おととい》の美緒《みお》と大木《おおき》のやり取《と》りを思《おも》い出《だ》して納得《なっとく》した。

「それで美緒《みお》さんは、大木《おおき》さんがオープン前《まえ》のホテルに泊《と》まりたいって言《い》ったのを断《ことわ》りきれなかったんですね」

コナンはふと、大木《おおき》が美緒《みお》のブローチをほめていたことを思《おも》い出《だ》した。そしてテーブルのおちょこを見《み》る。

「そういえば、美緒《みお》さんがつけてたブローチって、その割《わ》れたおちょこに似《に》てるんじゃない？」

「ちょっと待《ま》て！　あの美緒君《みおくん》に限《かぎ》って――」

目暮《めぐれ》が「いや」と否定《ひてい》する小五郎《こごろう》をさえぎった。

「犯行《はんこう》のしやすさという点《てん》では、彼女《かのじょ》が一番《いちばん》の容疑者《ようぎしゃ》だ」

「何《なに》しろ、大木《おおき》さんが泊《と》まったB塔六十七階《ビーとうろくじゅうななかい》の一階上《いっかいうえ》、六十八階《ろくじゅうはちかい》は彼女《かのじょ》の住《す》まいになっていますから」

白鳥《しらとり》の説明《せつめい》に、小五郎《こごろう》は「そ、そんな……」と力《ちから》なくつぶやいた。反論《はんろん》したくても、それだけの材料《ざいりょう》を持《も》ち合《あ》わせていない――。

するど、阿笠博士《あがさはかせ》の隣《となり》に座《すわ》っていた園子《そのこ》が「ねえ」と身《み》を乗《の》り出《だ》した。

「そのおちょこって、日本画《にほんが》を描《か》くときの小皿《こざら》に似《に》てない？　私《わたし》のパパ、趣味《しゅみ》で日本画《にほんが》を描《か》いてるけど、胡粉《ごふん》を乳棒《にゅうぼう》ですりつぶすときに使《つか》う乳鉢《にゅうばち》みたい」

園子《そのこ》に言《い》われて、目暮《めぐれ》は「うーむ」と険《けわ》しい顔《かお》でおちょこを見《み》つめた。

「如月氏《きさらぎし》とおちょこが繋《つな》がってたか……」

「しかし、おちょこの共通点《きょうつうてん》が沢口《さわぐち》さんと風間《かざま》さんには見《み》つかりませんね」

そう言《い》って考《かんが》え込《こ》む白鳥《しらとり》を、隣《となり》に座《すわ》っていたコナンが見上《みあ》げる。

「白鳥《しらとり》さん、風間《かざま》さんが森谷帝二《もりやていじ》の弟子《でし》ってホント？」

「本当《ほんとう》だよ……ただし、彼《かれ》は芸術家《げいじゅつか》タイプの森谷《もりや》と違《ちが》って技術者《ぎじゅつしゃ》タイプで、こだわりはほとんどないみたいだね」

白鳥《しらとり》が答《こた》えると、目暮《めぐれ》は残《のこ》った沢口《さわぐち》について語《かた》り始《はじ》めた。

「沢口《さわぐち》ちなみさんについては、父親《ちちおや》が新聞記者《しんぶんきしゃ》で、彼女《かのじょ》が大学四年《だいがくよねん》のときに過労死《かろうし》している……だが、大木氏《おおきし》との関連《かんれん》は今《いま》のところ見《み》つかっていない」

「警部殿《けいぶどの》、私《わたし》が思《おも》うにこの事件《じけん》は、オープン前《まえ》を狙《ねら》ったビル荒《あ》らしの仕業《しわざ》ではないでしょうか？　おちょこは侵入《しんにゅう》した犯人《はんにん》と大木氏《おおきし》が争《あらそ》い偶然割《ぐうぜんわ》れたもので、ダイイングメッセージとは違《ちが》うような気《き》がします」

コナンが小五郎《こごろう》の推理《すいり》を聞《き》きながら、ふと白鳥《しらとり》の前《まえ》に置《お》いてある捜査資料《そうさしりょう》に目《め》をやると、写真《しゃしん》が一枚《いちまい》はみ出《で》ていた。白鳥《しらとり》に気《き》づかれないようにそっと手《て》を伸《の》ばし、写真《しゃしん》を抜《ぬ》き取《と》る。

それは、犯行現場《はんこうげんば》の写真《しゃしん》だった。胸《むね》を刺《さ》されてガウンが真《ま》っ赤《か》に染《そ》まった大木《おおき》が、クローゼットの扉《とびら》にもたれかかるようにして倒《たお》れている。

（ん……!?）

コナンは写真《しゃしん》に写《うつ》っているクローゼットの扉《とびら》に注目《ちゅうもく》した。

（クローゼットの下《した》の方《ほう》にだけ、血《ち》が飛《と》んでいる。しかも、何《なに》か不自然《ふしぜん》な形《かたち》だ……）

死《し》んでいる大木《おおき》の横《よこ》に飛《と》び散《ち》った血《ち》の跡《あと》は、なぜかクローゼットの上《うえ》の方《ほう》には全《まった》くついていなかった。まるでその部分《ぶぶん》だけ切《き》り取《と》られたように、血《ち》がついている部分《ぶぶん》とついていない部分《ぶぶん》がきれいに分《わ》かれている――。

もっとよく見《み》ようと写真《しゃしん》に顔《かお》を近《ちか》づけると、白鳥《しらとり》がすばやく写真《しゃしん》を取《と》り上《あ》げた。

「子《こ》どもの見《み》るもんじゃないよ」

「あ、はーい……」

写真《しゃしん》を持《も》っていかれたコナンは、仕方《しかた》なく別《べつ》のことを考《かんが》え始《はじ》めた。

大木《おおき》を殺害《さつがい》した犯人《はんにん》はもちろんだが、それ以上《いじょう》に気《き》になるのは、昨日《きのう》ツインタワービルの前《まえ》に現《あらわ》れた黒《くろ》のポルシェだ。

（それにしても、ジンとウォッカはどうしてツインタワービルに……？）

テーブルに置《お》かれたおちょこを見《み》て、コナンはハッとした。

（おちょこから連想《れんそう》できるのは酒《さけ》……!!）

コナンは隣《となり》の灰原《はいばら》に顔《かお》を近《ちか》づけ、小声《こごえ》で話《はな》しかけた。

「おい、灰原《はいばら》！　まさかヤツらが……？」

灰原《はいばら》は首《くび》を小《ちい》さく横《よこ》に振《ふ》った。

「確《たし》かに彼《かれ》らのコードネームはお酒《さけ》よ！　でも、こんなストレートなメッセージを残《のこ》させるようなヘマ、彼《かれ》らはしないわ」

確《たし》かに灰原《はいばら》の言《い》うとおりだった。

殺人事件《さつじんじけん》のあった場所《ばしょ》に現《あらわ》れたとはいえ、ヤツらの犯行《はんこう》とは考《かんが》えにくい――。

コナンは体《からだ》を戻《もど》し、フゥ……と息《いき》をついた。すると、正面《しょうめん》に座《すわ》っている子《こ》どもたちが、顔《かお》を寄《よ》せ合《あ》ってヒソヒソ話《ばなし》をしている。

「くれぐれも……いいですね？」

光彦《みつひこ》の言葉《ことば》に、歩美《あゆみ》と元太《げんた》が「うん」とうなずく。

会話《かいわ》の内容《ないよう》は聞《き》こえなくても、コナンには三人組《さんにんぐみ》が何《なに》を企《たくら》んでいるのかが手《て》に取《と》るようにわかった。

4

午後二時四十五分《ごごにじよんじゅうごふん》。

ガード下《した》を走《はし》って米花駅《べいかえき》に現《あらわ》れた光彦《みつひこ》は、周囲《しゅうい》をキョロキョロうかがうと駅前広場《えきまえひろば》を走《はし》って横切《よこぎ》り、角《かど》を曲《ま》がった。

「光彦君《みつひこくん》、ここ、ここ！」

西口改札口《にしぐちかいさつぐち》には、すでに歩美《あゆみ》と元太《げんた》の姿《すがた》があった。待《ま》ち合《あ》わせの十五分前《じゅうごふんまえ》なのに、自分《じぶん》が最後《さいご》だ。

「早《はや》いですね、お二人《ふたり》とも」

「ワクワクしちゃって！」

「コナンを出《だ》し抜《ぬ》けると思《おも》ったら嬉《うれ》しくってよ！」

「誰《だれ》を出《だ》し抜《ぬ》くって？」

聞《き》き覚《おぼ》えのある声《こえ》がして、三人《さんにん》はギョッとして心臓《しんぞう》が縮《ちぢ》み上《あ》がった。恐《おそ》る恐《おそ》る振《ふ》り返《かえ》ると——険《けわ》しい顔《かお》をしたコナンが立《た》っていた。

「キャーッ！　出《で》たーーッ!!」

幽霊《ゆうれい》でも見《み》たかのように、三人《さんにん》が驚《おどろ》いて飛《と》び上《あ》がる。

「ど、どうしてわかったんです？」

「見《み》え見《み》えなんだよ、おまえらの考《かんが》えることは！　どうせ今度《こんど》の事件《じけん》を自分《じぶん》らだけで捜査《そうさ》するって言《い》ったら、オレに危険《きけん》だって止《と》められると思《おも》ったんだろ？」

「ピ、ピンポーン……」

図星《ずぼし》を指《さ》された三人《さんにん》は、バツが悪《わる》そうに笑《わら》った。


コナンたちは改札《かいさつ》を通《とお》り、モノレールに乗《の》った。ボックス席《せき》にコナンと元太《げんた》、光彦《みつひこ》と歩《あゆ》美《み》がそれぞれ並《なら》んで座《すわ》る。

「今回《こんかい》は仕方《しかた》ねーけど、これからは勝手《かって》に動《うご》くんじゃねーぞ！」

たしなめたつもりが三人組《さんにんぐみ》から「ハーイ!!」と楽《たの》しそうな返事《へんじ》が返《かえ》ってきて、コナンは小《ちい》さくため息《いき》をついた。

(ホントにわかってんのかね、コイツら……)

「で、今日《きょう》は誰《だれ》んとこ行《い》くんだ?」

コナンがたずねると、向《む》かい合《あ》わせに座《すわ》った歩美《あゆみ》が「風間《かざま》さんと如月《きさらぎ》さん!」と答《こた》えた。

「明日《あした》は原《はら》さんのとこ。風間《かざま》さんの自宅《じたく》は世田谷《せたがや》にあるんだけど、西多摩駅《にしたまえき》の一《ひと》つ手前《てまえ》のあさひ野《の》に仕事部屋《しごとべや》のマンションを持《も》ってて、ビルのオープンまでそっちにいるみたい」

「如月《きさらぎ》さんは独身《どくしん》で、三年前《さんねんまえ》、あさひ野《の》にアトリエを兼《か》ねた家《いえ》を建《た》てたそうです!」

説明《せつめい》する光彦《みつひこ》の横《よこ》の窓《まど》から、富士山《ふじさん》が見《み》えてきた。さらにその前《まえ》にツインタワービルが現《あらわ》れて、富士山《ふじさん》と重《かさ》なる。

コナンは二人《ふたり》の説明《せつめい》を聞《き》いて、へぇ……と感心《かんしん》した。

(なかなかよく調《しら》べてるじゃねーか……)

「こうなるんだったら、灰原《はいばら》さんも来《く》ればよかったのにね」

「え? 灰原《はいばら》も誘《さそ》ったのか?」

光彦《みつひこ》が「ええ」とうなずき、隣《となり》の歩美《あゆみ》がコナンに顔《かお》を向《む》ける。

「でも、今日《きょう》はお部屋《へや》のお掃除《そうじ》で忙《いそが》しいからパスだってさ」

「ふーん……」

灰原《はいばら》が子《こ》どもたちの探偵《たんてい》ごっこに付《つ》き合《あ》うとは思《おも》えない。おそらく部屋《へや》の掃除《そうじ》というのは口実《こうじつ》だろうとコナンは思《おも》った。


その頃《ころ》、灰原《はいばら》は一人《ひとり》で映画《えいが》を観《み》ていた。

観客《かんきゃく》はまばらで、前方中央《ぜんぽうちゅうおう》の席《せき》に座《すわ》っている灰原《はいばら》の周《まわ》りにも人《ひと》はいない。

上映中《じょうえいちゅう》の映画《えいが》は、一九三〇年代《せんきゅうひゃくさんじゅうねんだい》のシカゴが舞台《ぶたい》だった。

路地裏《ろじうら》から出《で》てきた男性《だんせい》は周囲《しゅうい》を見回《みまわ》すと、顔《かお》を隠《かく》すように帽子《ぼうし》を深《ふか》くかぶり、女性《じょせい》の手《て》を引《ひ》いて通《とお》りに出《で》た。そして足早《あしばや》に歩道《ほどう》を歩《ある》いていく。

すると、後方《こうほう》から一台《いちだい》の車《くるま》が現《あらわ》れた。二人《ふたり》の後《あと》をつけるように、ゆっくりと走《はし》ってくる。

やがて二人《ふたり》の横《よこ》に並《なら》ぶと、開《ひら》いた窓《まど》から機関銃《きかんじゅう》が飛《と》び出《だ》した。

劇場《げきじょう》にバリバリバリッと耳《みみ》をつんざくような銃声《じゅうせい》が響《ひび》き渡《わた》り、スクリーンに映《うつ》った車《くるま》が猛《もう》スピードで走《はし》り去《さ》っていく。

『お兄《にい》さん！』

撃《う》たれた男性《だんせい》が石畳《いしだたみ》に倒《たお》れ、駆《か》け寄《よ》った女性《じょせい》はその半身《はんしん》を抱《だ》き起《お》こした。

『しょせん、裏切《うらぎ》り者《もの》の末路《まつろ》はこんなものさ……』

血《ち》だらけになった兄《あに》は力《ちから》なく微笑《ほほえ》み、そのまま妹《いもうと》の腕《うで》の中《なか》で息《いき》を引《ひ》き取《と》った。

『お兄《にい》さん！　お兄《にい》さーーん!!』

妹《いもうと》の悲痛《ひつう》な叫《さけ》びが館内《かんない》に響《ひび》き、観客《かんきゃく》は誰《だれ》もが悲《かな》しげな表情《ひょうじょう》を浮《う》かべた。カップルの女性《じょせい》は涙《なみだ》を流《なが》している。

その中《なか》で一人《ひとり》、灰原《はいばら》は冷《さ》めた顔《かお》でスクリーンを見《み》つめていた。

モノレールは二十分《にじっぷん》ほどであさひ野駅《のえき》に到着《とうちゃく》した。駅《えき》から歩道橋《ほどうきょう》に出《で》ると、光彦《みつひこ》は地図《ちず》を広《ひろ》げた。光彦《みつひこ》の背後《はいご》には、富士山《ふじさん》とその正面《しょうめん》に建《た》つツインタワービルが見《み》える。

「確《たし》か風間《かざま》さんが借《か》りているマンションは駅《えき》のそばです。如月《きさらぎ》さんの家《いえ》は……」

周囲《しゅうい》をキョロキョロと見回《みまわ》した光彦《みつひこ》は、前方《ぜんぽう》に見《み》える小高《こだか》い丘《おか》を指差《ゆびさ》した。

「多分《たぶん》あの丘《おか》の上《うえ》ですね。まず、風間《かざま》さんのマンションの方《ほう》から行《い》きましょう！」


駅《えき》からほど近《ちか》い十階建《じっかいだ》てのマンションが風間《かざま》の仕事部屋《しごとべや》だった。重厚感《じゅうこうかん》のある洒落《しゃれ》たレンガ造《づく》りの外壁《がいへき》で、いかにも高級《こうきゅう》そうなマンションだ。

風間《かざま》の部屋《へや》はマンションの上層階《じょうそうかい》にあり、ベランダからは富士山《ふじさん》とツインタワービルが見《み》えた。広《ひろ》いリビングのソファセットの横《よこ》には仕事用《しごとよう》の大《おお》きな机《つくえ》があり、風間《かざま》が設計《せっけい》した建築物《けんちくぶつ》の模型《もけい》やパソコンが置《お》かれていた。

コナンはパソコンの画面《がめん》に表示《ひょうじ》された設計図《せっけいず》を見《み》て、うわぁと声《こえ》を上《あ》げた。

「これ、CAD《キャド》システムでしょ？　設計《せっけい》は全部《ぜんぶ》コンピュータでやるんだよね」

ソファに腰《こし》かけた風間《かざま》が「ほぉー」と感心《かんしん》した目《め》でコナンを見《み》る。

「よく知《し》ってるじゃないか！　今《いま》はもう製図板使《せいずばんつか》う人《ひと》はいないだろうね」

風間《かざま》の正面《しょうめん》に並《なら》んでソファに座《すわ》った子《こ》どもたちは、きょとんとした。

「製図板《せいずばん》って何《なん》ですか？」

光彦《みつひこ》の質問《しつもん》に、風間《かざま》が突然《とつぜん》ハッハッハ…と笑《わら》い出《だ》す。

「そうか、逆《ぎゃく》に君《きみ》たちは知《し》らないのか？　昔《むかし》はね、大《おお》きな板《いた》の上《うえ》に紙《かみ》を貼《は》り付《つ》けて鉛筆《えんぴつ》と定規《じょうぎ》で書《か》いていたんだよ」

「へぇー、そうなんですか……」

「ところで君《きみ》たち、僕《ぼく》に何《なに》か用《よう》かい？」

出《だ》し抜《ぬ》けに訊《き》かれて、元太《げんた》は光彦《みつひこ》をひじで突《つ》いた。

「ほら、早《はや》く訊《き》けよ」

「ボ、ボクが……？」

「言《い》い出《だ》しっぺだろ！」

「わ、わかりましたよ」

観念《かんねん》した光彦《みつひこ》はウエストバッグから手帳《てちょう》を取《と》り出《だ》すと、キリッと真剣《しんけん》な表情《ひょうじょう》をして「実《じつ》は風間《かざま》さん、ボクたち！」と身《み》を乗《の》り出《だ》した。

「……なかなか、いいお部屋《へや》じゃないですかぁ～！　空気《くうき》はおいしいし、富士山《ふじさん》は見《み》えますし～！」

急《きゅう》に弱気《よわき》になって関係《かんけい》ないことを言《い》い出《だ》す光彦《みつひこ》に、コナンと元太《げんた》がガクッとずっこける。

(ダメだ、こりゃ……)

すると、端《はし》に座《すわ》っていた歩美《あゆみ》が「わたしたち、少年探偵団《しょうねんたんていだん》なんです!!」と名乗《なの》った。

「え……!?」

「大木《おおき》さんが殺害《さつがい》された事件《じけん》を調《しら》べているんです！」

臆《おく》せず堂々《どうどう》と用件《ようけん》を述《の》べる歩美《あゆみ》に驚《おどろ》いた風間《かざま》は、しばし目《め》をパチパチさせると、フッと笑《え》みを浮《う》かべた。

「そりゃ頼《たの》もしいね！　いいとも、何《なん》でも訊《き》いてくれたまえ。小《ちい》さな探偵君《たんていくん》たち」

すると、光彦《みつひこ》が主導権《しゅどうけん》を握《にぎ》るべく、コホンと咳払《せきばら》いをした。

「それでは…亡《な》くなった大木《おおき》さんのことをどう思《おも》っていましたか？」

「おっ、ズバリきたね」

風間《かざま》は余裕《よゆう》の笑《え》みを見《み》せて、うーん、とあごに手《て》を当《あ》てて考《かんが》え始《はじ》めた。

「下品《げひん》なおっさんかな……？　でも、彼《かれ》が市《し》の条例《じょうれい》を改正《かいせい》してくれたおかげで仕事《しごと》がもらえたんだから、その意味《いみ》では感謝《かんしゃ》してるよ」

「設計《せっけい》の段階《だんかい》で、何《なに》か大木《おおき》さんともめたことはありませんか？」

「うーん、大木《おおき》さんとは何《なに》もなかったな」

「じゃあ、他《ほか》の人《ひと》とはもめたの？」

コナンがたずねると、風間《かざま》は「え!?」と目《め》を丸《まる》くした。

「いや、そういう意味《いみ》じゃないよ……」

動揺《どうよう》を隠《かく》すかのように微笑《ほほえ》む風間《かざま》を、コナンが険《けわ》しい目《め》で見《み》つめる。すると、歩美《あゆみ》が風間《かざま》の隣《となり》のサイドテーブルに置《お》かれた写真立《しゃしんた》てに気《き》づいた。

「あら、その写真《しゃしん》……」

風間《かざま》が「ん？」とサイドテーブルを振《ふ》り返《かえ》る。写真立《しゃしんた》てには幼《おさな》い男《おとこ》の子《こ》の写真《しゃしん》が飾《かざ》られていた。遊園地《ゆうえんち》をバックに笑顔《えがお》で手《て》を振《ふ》っている。

「ああ、僕《ぼく》の一人息子《ひとりむすこ》だ、可愛《かわい》いだろ？　夜《よる》、一人《ひとり》で仕事《しごと》してるときとかどうしても声《こえ》が聞《き》きたくなってね、寝《ね》てるのを承知《しょうち》で電話《でんわ》することもあるんだよ。親《おや》バカだろ……？」

写真立《しゃしんた》てを見《み》つめながら話《はな》す風間《かざま》は、いつの間《ま》にかどこにでもいる温和《おんわ》な父親《ちちおや》の顔《かお》になっていて、コナンは意外《いがい》だと思《おも》った。

風間《かざま》の部屋《へや》を出《で》たコナンたちは、その足《あし》で如月《きさらぎ》の家《いえ》に向《む》かった。

小高《こだか》い丘《おか》の上《うえ》にある如月《きさらぎ》の家《いえ》は大《おお》きな平屋《ひらや》で、広大《こうだい》な敷地《しきち》には立派《りっぱ》な日本庭園《にほんていえん》や池《いけ》まであった。到着《とうちゃく》する頃《ころ》には日《ひ》が暮《く》れ始《はじ》めて、如月邸《きさらぎてい》を含《ふく》む丘全体《おかぜんたい》が夕日《ゆうひ》で赤《あか》く染《そ》まっていた。

広《ひろ》いアトリエに通《とお》されたコナンたちは、床《ゆか》に敷《し》かれた座布団《ざぶとん》の上《うえ》に正座《せいざ》した。

カーテンが閉《し》められた大《おお》きな窓《まど》の前《まえ》には紫色《むらさきいろ》の敷物《しきもの》が敷《し》かれ、コナンたちに背《せ》を向《む》けた如月《きさらぎ》が絵《え》を描《か》いていた。それは富士山《ふじさん》の絵《え》だった。絵皿《えざら》に筆《ふで》を伸《の》ばして絵《え》の具《ぐ》をつけては、黙々《もくもく》と和紙《わし》に筆《ふで》を走《はし》らせる。しんと静《しず》まるアトリエの中《なか》で、筆《ふで》の音《おと》だけが聞《き》こえてきた。

如月《きさらぎ》は一向《いっこう》に筆《ふで》を止《と》める気配《けはい》はなく、しびれを切《き》らした元太《げんた》が光彦《みつひこ》をひじで突《つ》く。（またボクが？）と光彦《みつひこ》が自分《じぶん》を指差《ゆびさ》すと、元太《げんた》は当然《とうぜん》のようにうなずいた。

「あのォ……ボクたち、少年探偵団《しょうねんたんていだん》なんです」

光彦《みつひこ》は勇気《ゆうき》を出《だ》しておずおずと話《はな》しかけた。すると、如月《きさらぎ》の手《て》がピタッと止《と》まり、子《こ》どもたちに鋭《するど》い視線《しせん》を送《おく》った。

「それで、大木《おおき》さんの事件《じけん》を――」

「子《こ》どもが警察《けいさつ》の真似事《まねごと》なんかするんじゃない!!」

振《ふ》り返《かえ》った如月《きさらぎ》に怒鳴《どな》りつけられ、子《こ》どもたちが「ヒィーッ!」と声《こえ》を上《あ》げる。

すると、如月《きさらぎ》は恐《おそ》れおののく子《こ》どもたちの方《ほう》を向《む》き、姿勢《しせい》を正《ただ》して座《すわ》り直《なお》した。

「だがまあ、手《て》ぶらでも帰《かえ》りづらかろう……おみやげにいいモノをやろう」

「………?」

子《こ》どもたちがきょとんとすると、如月《きさらぎ》は色紙《しきし》を持《も》ってきて、何《なに》やら筆《ふで》でサラサラと描《か》き始《はじ》めた。


如月邸《きさらぎてい》の門《もん》の前《まえ》で、コナンたちは如月《きさらぎ》にもらった色紙《しきし》をそれぞれ見《み》つめた。如月《きさらぎ》がくれたのは、それぞれの似顔絵《にがおえ》だった。それぞれの特徴《とくちょう》をよくとらえた絵《え》で、如月《きさらぎ》のサインもついている。

「絵《え》を描《か》いてもらったのは嬉《うれ》しいけど……」

「事件《じけん》のこと聞《き》けなかったな」

「やっぱり警察《けいさつ》じゃなきゃダメなのかな」

ガッカリする子《こ》どもたちに、コナンは「そういうこと！」と言《い》って腕時計《うでどけい》を見《み》た。

「もう六時《ろくじ》だ、今日《きょう》は帰《かえ》るぞ！」

子《こ》どもたちは素直《すなお》に「はーい」と返事《へんじ》をすると、すっかり暗《くら》くなった道《みち》をバス停《てい》に向《む》かって歩《ある》き出《だ》した。


その日《ひ》の夜《よる》。

ガォ～～ピュルピュルピュル、ガォ～～～……とイビキをかいて眠《ねむ》っていた阿笠博士《あがさはかせ》は、大《おお》きな音《おと》に気《き》づいて飛《と》び起《お》きた。

「な、何《なん》じゃ、今《いま》の音《おと》は……!?」

キョロキョロと辺《あた》りを見回《みまわ》し、「あ」と頭《あたま》に手《て》をやる。

「ワシのイビキか……」

ホッとしてふと隣《となり》のベッドを見《み》ると、寝《ね》ているはずの灰原《はいばら》がいない。トイレにでも行《い》っておるんじゃろうか——しかし、しばらく経《た》っても灰原《はいばら》は戻《もど》ってこなかった。心配《しんぱい》になってトイレを見《み》に行《い》ったが、明《あ》かりがついていない。だとしたら——阿笠博士《あがさはかせ》は地下《ちか》に続《つづ》く螺旋階段《らせんかいだん》を下《お》りた。すると、灰原《はいばら》の部屋《へや》から何《なに》やら話《はな》し声《ごえ》が聞《き》こえた。音《おと》を立《た》てないように扉《とびら》を少《すこ》しだけ開《あ》けて中《なか》をのぞくと——パジャマにカーディガンをはおった灰原《はいばら》が椅子《いす》に座《すわ》り、電話《でんわ》をかけていた。小声《こごえ》で話《はな》していて、会《かい》話《わ》の内容《ないよう》までは聞《き》き取《と》れない。

こんな夜中《よなか》に、一体誰《いったいだれ》に電話《でんわ》を……？

阿笠博士《あがさはかせ》は不思議《ふしぎ》に思《おも》いつつも、そっとドアを戻《もど》した。

翌朝《よくあさ》。コナンが子《こ》どもたちとの待《ま》ち合《あ》わせ場所《ばしょ》に向《む》かっていると、阿笠博士《あがさはかせ》から電話《でんわ》がかかってきた。イヤリング型《がた》の携帯電話《けいたいでんわ》を耳《みみ》につけ、歩《ある》きながら電話《でんわ》に出《で》る。

「灰原《はいばら》が夜中《よなか》に電話《でんわ》を……？」

『ほれ、この前《まえ》のキャンプのとき、元太君《げんたくん》が言《い》ってたろう。あれはやはり電話《でんわ》をかけてたんじゃないかのォ？』

「けどよー、今《いま》のアイツには電話《でんわ》する相手《あいて》なんかいないはずだろ？」

コナンが訊《き》き返《かえ》すと、少《すこ》し間《ま》があった。

『ワシはあの子《こ》を信《しん》じとる…だが、黒《くろ》ずくめの男《おとこ》たちへの恐怖《きょうふ》が、彼女《かのじょ》を組織《そしき》に寝返《ねがえ》らせた可能性《かのうせい》がないとも言《い》えん』

「大丈夫《だいじょうぶ》だ、博士《はかせ》、何《なに》も心配《しんぱい》しなくていいから。じゃあな」

コナンはそう言《い》って電話《でんわ》を切《き》った。

(灰原《はいばら》が黒《くろ》ずくめの組織《そしき》と……？)

さすがにそれはないと思《おも》った。灰原《はいばら》は最愛《さいあい》の姉《あね》を殺害《さつがい》した組織《そしき》を恨《うら》んでいる。ヤツらに寝返《ねがえ》るなんてありえない。

でもだとしたら、灰原《はいばら》は真夜中《まよなか》に二度《にど》も一体誰《いったいだれ》と電話《でんわ》をしていたんだろうか？

それに、ジンたちはどうしてツインタワービルに現《あらわ》れたんだ——？

コナンが考《かんが》えながら交差点《こうさてん》の角《かど》を曲《ま》がると、すでにバス停《てい》の前《まえ》に子《こ》どもたちがいた。

「よぉ、みんな早《はや》いな！」

「おはようコナン君《くん》！」

「遅《おそ》いぞー！」

「待《ま》ってましたよ！」

子《こ》どもたちの横《よこ》には灰原《はいばら》もいて、コナンは「え」と目《め》を丸《まる》くした。

「灰原《はいばら》さんも原《はら》さんのとこへ一緒《いっしょ》に行《い》くって！」

「え？　あ、そう……」

コナンが意外《いがい》そうな顔《かお》をすると、灰原《はいばら》は「いいでしょ？」と軽《かる》くにらんだ。

「私《わたし》だって興味《きょうみ》あるもの、原《はら》さんの持《も》ってるゲームソフト」

コナンは「ああ……」と答《こた》えながら、目《め》をパチパチさせた。

灰原《はいばら》がゲームソフトに興味《きょうみ》があるなんて思《おも》ってもみなかった。〈TOKIWA《トキワ》〉のショールームではさほどゲームに興味《きょうみ》を持《も》ってるようには見《み》えなかったが……。


原《はら》のマンションは、バス停《てい》からすぐ近《ちか》くのところにあった。

エレベーターで四階《よんかい》に上《あ》がって外廊下《そとろうか》を歩《ある》いていくと、『407　原佳明《はらよしあき》』と書《か》かれた表札《ひょうさつ》がかけられていた。

「四〇七号室《よんまるななごうしつ》！　ここです、原《はら》さんの部屋《へや》！」

光彦《みつひこ》がインターホンを鳴《な》らす。ふと玄関《げんかん》を見《み》たコナンは、ドアが少《すこ》し開《あ》いているのに気《き》づいた。

「あれ？　ドア開《あ》いてるぞ」

「え？　不用心《ぶようじん》ですねぇ」

光彦《みつひこ》はドアを開《あ》けて、「原《はら》さーん、来《き》ましたよー！」と声《こえ》をかけた。

すると、廊下《ろうか》の先《さき》のリビングで原《はら》が仰向《あおむ》けに倒《たお》れているのが見《み》えた。その胸《むね》は血《ち》で真《ま》っ赤《か》に染《そ》まっている――!!

「コ、コナン君《くん》！　原《はら》さんが……!!」

「警察《けいさつ》と救急車《きゅうきゅうしゃ》だ！」

コナンは靴《くつ》を脱《ぬ》ぎ捨《す》て、リビングへ駆《か》け込《こ》んだ。

横長《よこなが》のリビングの左側《ひだりがわ》にはソファセット、右側《みぎがわ》にはダイニングテーブルが置《お》かれ、原《はら》はダイニングテーブルのそばで倒《たお》れていた。血《ち》だらけの胸《むね》には、拳銃《けんじゅう》で撃《う》たれた跡《あと》がある。

(拳銃《けんじゅう》で胸《むね》を……ほぼ即死《そくし》だ……!)

コナンは原《はら》の右手《みぎて》に洋食《ようしょく》ナイフが握《にぎ》られているのに気《き》づいた。ダイニングテーブルを見《み》ると、箱《はこ》に入《はい》ったチョコレートケーキが切《き》り分《わ》けられて皿《さら》に載《の》っていた。紅茶《こうちゃ》のセットも置《お》いてある。

(ケーキを食《た》べようとしていたのか……)

コナンはしゃがみ込《こ》み、血《ち》が流《なが》れ込《こ》んでいる原《はら》の左脇《ひだりわき》を見《み》た。すると、床《ゆか》にできた血《ち》だまりのすぐそばに、割《わ》れたおちょこがあった。血《ち》だまりの上《うえ》にも、その破片《はへん》が落《お》ちている。そのおちょこは、殺害《さつがい》された大木《おおき》の手《て》に握《にぎ》られていたのと同《おな》じ物《もの》だった。

(おちょこだ! ってことは……同《おな》じ犯人《はんにん》!?)

光彦《みつひこ》が通報《つうほう》してからすぐに救急車《きゅうきゅうしゃ》とパトカーが駆《か》けつけ、マンションの前《まえ》には野次馬《やじうま》が集《あつ》まって騒然《そうぜん》となった。

原《はら》の部屋《へや》には目暮《めぐれ》、白鳥警部《しらとりけいぶ》、それに高木渉巡査部長《たかぎわたるじゅんさぶちょう》が入《はい》り、検視官《けんしかん》や鑑識員《かんしきいん》と共《とも》に遺《い》体《たい》と部屋《へや》を調《しら》べた。

「いかがですか、検視官《けんしかん》？」

「解剖《かいぼう》してみんことにはハッキリせんが……死亡推定時刻《しぼうすいていじこく》は、昨日《きのう》の午後《ごご》から夕方《ゆうがた》にかけてじゃな」

検視官《けんしかん》の横《よこ》でダイニングテーブルの上《うえ》を見《み》ていた白鳥《しらとり》は、事件《じけん》が起《お》きたときの状況《じょうきょう》を推《すい》測《そく》した。

「原《はら》さんは、チョコレートケーキを食《た》べようとしていたようです。そこへ犯人《はんにん》が入《はい》ってきて、ケーキを切《き》り分《わ》けた銀《ぎん》のナイフで対抗《たいこう》しようとしたんですね」

高木《たかぎ》が「しかし……」と鑑識《かんしき》のトメさんが袋《ふくろ》に入《い》れたおちょこを見《み》る。

「このおちょこはどう考《かんが》えたらいいんでしょう？」

「決《き》まってるだろ？　大木氏《おおきし》を殺害《さつがい》した犯人《はんにん》による連続殺人《れんぞくさつじん》だよ」

白鳥《しらとり》が断言《だんげん》すると、目暮《めぐれ》は「しかも」と鋭《するど》い目《め》で付《つ》け加《くわ》えた。

「おちょこは被害者《ひがいしゃ》のダイイングメッセージではなく、犯人《はんにん》によるメッセージの可能性《かのうせい》が高《たか》くなった……！」

コナンたちが廊下《ろうか》で並《なら》んでいると、鑑識作業《かんしきさぎょう》を終《お》えたトメさんが「よお、ボウズ」と声《こえ》をかけた。

「トメさん、もう済《す》んだの？」

「ああ……ところで、君《きみ》たちが第一発見者《だいいちはっけんしゃ》なんだって？」

「うん。ビックリしちゃった……あ、それが問題《もんだい》のおちょこ？」

コナンはトメさんが持《も》っていたビニール袋《ぶくろ》を指差《ゆびさ》した。

「ああ、そうだ」

袋《ふくろ》に入《はい》ったおちょこを見《み》せてもらったコナンは（あれ？）と眉《まゆ》をひそめた。

（血《ち》のついた破片《はへん》がない……？）

コナンが見《み》たときには床《ゆか》の血《ち》だまりにも割《わ》れたおちょこの破片《はへん》がいくつかあったのに、袋《ふくろ》の中《なか》の破片《はへん》にはどれも血《ち》がついていない。

「ねぇ、トメさん、おちょこはそれで全部《ぜんぶ》？」

「もちろんさ、鑑識《かんしき》のトメに見落《みお》としはないよ！」

トメさんは胸《むね》を張《は》って言《い》うと、「じゃあな！」と手《て》を振《ふ》って出《で》ていった。コナンの隣《となり》に立《た》っていた灰原《はいばら》が小声《こごえ》で話《はな》しかける。

「これで彼《かれ》らじゃないってわかったでしょ？　彼《かれ》らはあんなもの残《のこ》さないわ」

確《たし》かに灰原《はいばら》の言《い》うとおりだった。が、コナンはそれよりおちょこの破片《はへん》が気《き》になった。

血《ち》だまりの上《うえ》におちょこの破片《はへん》があったのに、回収《かいしゅう》した袋《ふくろ》の中《なか》になぜか血《ち》のついた破片《はへん》はなかった。一体《いったい》どうして……。

5

その夜《よる》。目暮《めぐれ》と白鳥《しらとり》は捜査状況《そうさじょうきょう》を報告《ほうこく》するために毛利探偵事務所《もうりたんていじむしょ》を訪《おとず》れた。

蘭《らん》はソファに腰《こし》かけた目暮《めぐれ》たちにお茶《ちゃ》を出《だ》すと、小五郎《こごろう》の隣《となり》に腰《こし》を下《お》ろした。コナンもその隣《となり》に座《すわ》る。

「解剖《かいぼう》の結果《けっか》、およその死亡時刻《しぼうじこく》がわかった。昨日《きのう》の夕方五時《ゆうがたごじ》から六時《ろくじ》の間《あいだ》だ」

「それと、原氏《はらし》のパソコンのデータが全《すべ》て消《け》されていました」

白鳥《しらとり》の報告《ほうこく》に、コナンは（え……⁉）と目《め》を見張《みは》った。

「その辺《へん》も動機《どうき》のひとつかもしれんな」

目暮《めぐれ》はそう言《い》ってコナンに目《め》を向《む》けた。

「五時過《ごじす》ぎから六時頃《ろくじごろ》までコナン君《くん》たちと会《あ》っていた如月氏《きさらぎし》はシロだ。一方《いっぽう》、風間氏《かざまし》はコナン君《くん》たちが帰《かえ》ったあと、車《くるま》を飛《と》ばせば犯行時刻《はんこうじこく》に間《ま》に合《あ》う」

「それで、美緒君《みおくん》は……?」

小五郎《こごろう》が不安《ふあん》そうに切《き》り出《だ》すと、白鳥《しらとり》が答《こた》えた。

「常磐《ときわ》さんも秘書《ひしょ》の沢口《さわぐち》さんも、はっきりとしたアリバイはありません」

「毛利君《もうりくん》には悪《わる》いが、犯人《はんにん》は常磐美緒《ときわみお》さん、風間英彦氏《かざまひでひこし》、そして沢口《さわぐち》ちなみさんの誰《だれ》かだと思《おも》う……しかも、今後《こんご》も犯行《はんこう》が続《つづ》く可能性《かのうせい》は十分考《じゅうぶんかんが》えられる」

確信《かくしん》に満《み》ちた顔《かお》で目暮《めぐれ》は言《い》った。白鳥《しらとり》が「そこで……」と目暮《めぐれ》を見《み》る。

「目暮警部《めぐれけいぶ》が常磐《ときわ》さんに土曜日《どようび》のパーティを延期《えんき》するように勧《すす》めたんですが、聞《き》こうとしませんでした」

「そればかりか、こんな物《もの》を預《あず》かってきた」

首《くび》を振《ふ》った目暮《めぐれ》は懐《ふところ》を探《さぐ》り、渋《しぶ》い顔《かお》で封書《ふうしょ》を小五郎《こごろう》に渡《わた》した。封書《ふうしょ》に入《はい》っていたのは招待状《しょうたいじょう》と名前《なまえ》の書《か》かれたパーティ券《けん》だった。

「これはパーティの招待状《しょうたいじょう》じゃないスか!」

「しかも私《わたし》やコナン君《くん》に子《こ》どもたちの名前《なまえ》まで書《か》いてある!」

「え？　ボクたちも……!?」

パーティ券《けん》を見《み》ると、確《たし》かに子《こ》どもたちや阿笠博士《あがさはかせ》、灰原《はいばら》、園子《そのこ》と、あの日《ひ》ツインタワービルにいた全員《ぜんいん》の名前《なまえ》が書《か》かれていた。

「まったく何《なに》を考《かんが》えているんだか……」

目暮《めぐれ》はあきれたように小《ちい》さく息《いき》をついた。


静《しず》まり返《かえ》った深夜《しんや》の通《とお》りを野太《のぶと》いエンジン音《おん》が駆《か》け抜《ぬ》け、やがてあるマンションの前《まえ》で黒《くろ》のポルシェが停《と》まった。三階建《さんがいだ》てのマンションはほとんどの部屋《へや》の明《あ》かりが消《き》えている。

車《くるま》から出《で》てきたジンは、マンションの入《い》り口《ぐち》へ向《む》かった。薄暗《うすぐら》い非常階段《ひじょうかいだん》を静《しず》かに上《あ》がり、ある部屋《へや》のドアを開《あ》ける。

「兄貴《あにき》」

先《さき》に来《き》て部屋《へや》を物色《ぶっしょく》していたウォッカが、その手《て》を止《と》めて振《ふ》り返《かえ》った。

「この部屋《へや》か……」

「管理人《かんりにん》に写真《しゃしん》を見《み》せて確認《かくにん》しやした」

ジンはフンと鼻《はな》を鳴《な》らし、二間続《ふたまつづ》きの部屋《へや》を見回《みまわ》した。奥《おく》の部屋《へや》にはベッドとパソコンデスクと本棚《ほんだな》、手前《てまえ》の部屋《へや》にはステレオやテレビにソファ、そして電話《でんわ》が置《お》かれたミニテーブルがある。

「ヤツが組織《そしき》の目《め》を盗《ぬす》んで、こんなヤサを根城《ねじろ》にしていたとはな」

「家賃《やちん》が一年分前払《いちねんぶんまえばら》いされてて、電話《でんわ》も留守電《るすでん》のまま」

ウォッカがテーブルの上《うえ》の電話《でんわ》を見《み》ると、ジンは奥《おく》の部屋《へや》へ入《はい》っていき、本棚《ほんだな》の専門書《せんもんしょ》を一冊手《いっさつて》に取《と》った。

「隣《となり》の住人《じゅうにん》の話《はなし》じゃ、ときどき電話《でんわ》がかかってきてメッセージを入《い》れてるようなんですが、留守電《るすでん》を確《たし》かめたところ妙《みょう》なことに……」

「メッセージは録音《ろくおん》されていなかった」

ジンの推察力《すいさつりょく》に、ウォッカは「え？」と目《め》を見張《みは》った。

「ええ……一体《いったい》、誰《だれ》がどういうつもりで……」

「フン。所詮《しょせん》、女《おんな》は女《おんな》か」

ジンはニヤリと笑《わら》い、開《ひら》いていた本《ほん》を閉《と》じて放《ほう》り投《な》げた。そして懐《ふところ》から一枚《いちまい》のディスクを取《と》り出《だ》す。

「車《くるま》ン中《なか》にパソコンがある、取《と》ってこい。組織《そしき》が開発《かいはつ》した逆探知《ぎゃくたんち》プログラムだ。こいつを使《つか》えば二十秒《にじゅうびょう》で逆探知《ぎゃくたんち》できる」

「了解《りょうかい》！」

ウォッカはヘッと笑《わら》い、ドアを開《あ》けて出《で》ていった。

灰原《はいばら》は音《おと》を立《た》てないようにそっと起《お》き上《あ》がり、隣《となり》のベッドの阿笠博士《あがさはかせ》を見《み》た。今夜《こんや》は豪快《ごうかい》なイビキはかいておらず、ス〜、ピ〜と寝息《ねいき》を立《た》てている。

阿笠博士《あがさはかせ》が寝《ね》ているのを確認《かくにん》した灰原《はいばら》はベッドから下《お》り、椅子《いす》にかけてあるカーディガンをはおった。そして扉《とびら》を開《あ》け、照明《しょうめい》をつけずに薄暗《うすぐら》い螺旋階段《らせんかいだん》を下《お》りていく——。

ジンの車《くるま》からパソコンを持《も》ってきたウォッカは、ミニテーブルの上《うえ》に置《お》くとケーブルでパソコンと電話《でんわ》を繋《つな》いだ。そしてジンから受《う》け取《と》ったディスクをパソコンにセットする。

ジンはソファに座《すわ》り、タバコに火《ひ》をつけた。ウォッカもパソコンデスクの椅子《いす》を持《も》ってきて、テーブルの前《まえ》に座《すわ》る。すると、すぐに電話《でんわ》がかかってきた。ウォッカが反応《はんのう》して身《み》を乗《の》り出《だ》す。ディスプレイには〈チャクシン　ヒツウチ〉と表示《ひょうじ》され、何度《なんど》かコール音《おん》が鳴《な》った後《あと》、留守番電話《るすばんでんわ》に切《き》り替《か》わった。

『はい宮野《みやの》です。ただ今《いま》、留守《るす》にしております……発信音《はっしんおん》の後《あと》でお名前《なまえ》とご用件《ようけん》をどうぞ』

逆探知《ぎゃくたんち》プログラムが起動《きどう》し、パソコンの画面《がめん》に相手先《あいてさき》の電話番号《でんわばんごう》を示《しめ》す十桁《じっけた》の数字《すうじ》が現《あらわ》れた。それぞれの数字《すうじ》が目《め》まぐるしく変化《へんか》する中《なか》、左《ひだり》から『0』『3』と確定《かくてい》されていく。

ピーッと発信音《はっしんおん》が鳴《な》ると、『お姉《ねえ》ちゃん、私《わたし》……』と相手《あいて》の声《こえ》が聞《き》こえた。その声《こえ》にウオッカがピクリと反応《はんのう》し、すぐにジンの顔《かお》を見《み》る。ジンはタバコをくわえながらニヤリと口《くち》の端《はし》を持《も》ち上《あ》げた。

逆探知《ぎゃくたんち》プログラムは、すでに『0』『3』『5』『9』『5』『0』と市内局番《しないきょくばん》まで突《つ》き止《と》めていた。残《のこ》りは、あと四桁《よんけた》――。

『明後日《あさって》……ツインタワービルのオープンパーティに行《い》ってくるわ』

さらに次《つぎ》の番号《ばんごう》が『2』と確定《かくてい》されたと同時《どうじ》に、電話《でんわ》が突然《とつぜん》切《き》れた。プー、プーと終話《しゅうわ》音《おん》が鳴《な》る中《なか》、数字《すうじ》の前《まえ》に別《べつ》ウインドウが開《ひら》き〈探知不可《たんちふか》〉の文字《もじ》が現《あらわ》れた――。

伝言《でんごん》の途中《とちゅう》でブツッと電話《でんわ》が切《き》れ、灰原《はいばら》は親機《おやき》がある扉《とびら》の方《ほう》を振《ふ》り返《かえ》った。すると、コナンが電話回線《でんわかいせん》のモジュラーケーブルを持《も》って立《た》っていた。隣《となり》には阿笠博士《あがさはかせ》もいる。

「工藤君《くどうくん》……!」

「やっぱり、お姉《ねえ》さんに電話《でんわ》してたんだな? おまえのお姉《ねえ》さん、宮野明美《みやのあけみ》さんが生前密《せいぜんひそ》かに借《か》りていた部屋《へや》の電話《でんわ》に……」

コナンの言葉《ことば》に、阿笠博士《あがさはかせ》が「そうか!」と目《め》を見開《みひら》く。

「君《きみ》は亡《な》くなったお姉《ねえ》さんと話《はなし》をしたくて……!」

灰原《はいばら》は答《こた》えずに視線《しせん》をそらした。コナンが険《けわ》しい表情《ひょうじょう》で灰原《はいばら》を見《み》る。

「気持《きも》ちはわからなくねーけど、いくら何《なん》でも危険《きけん》すぎる――」

「私《わたし》の気持《きも》ちなんて誰《だれ》にもわかんないわ!!」

突然叫《とつぜんさけ》んだ灰原《はいばら》は、コナンを押《お》しのけて部屋《へや》から出《で》ていった。

「おい、灰原《はいばら》！」

阿笠博士《あがさはかせ》が「待《ま》った！」とコナンの肩《かた》をつかむ。

「今《いま》はそっとしといてやろう」

その言葉《ことば》にコナンはハッと目《め》を見開《みひら》き、灰原《はいばら》を追《お》うのをやめた。


自分《じぶん》の部屋《へや》を飛《と》び出《だ》した灰原《はいばら》は、すぐそばの工作室《こうさくしつ》のドアを開《あ》けて中《なか》に入《はい》ると、すぐにドアを閉《し》めた。そして崩《くず》れるようにドアにもたれかかる。

自分《じぶん》でも、危険《きけん》なことは十分《じゅうぶん》わかっていた。

でも、それでも、聞《き》きたかった。もうこの世《よ》にはいない姉《あね》の声《こえ》を――。

底知《そこし》れぬ寂《さび》しさと孤独感《こどくかん》が胸《むね》にこみ上《あ》げてきて、自然《しぜん》と涙《なみだ》が浮《う》かぶ。

灰原《はいばら》は両手《りょうて》で顔《かお》を覆《おお》い、声《こえ》を押《お》し殺《ころ》して嗚咽《おえつ》した。


「クソッ！　あと数秒《すうびょう》で逆探知《ぎゃくたんち》できたってェのに!!」

ウォッカは電話《でんわ》とパソコンが置《お》かれたテーブルに拳《こぶし》を振《ふ》り下《お》ろした。その横《よこ》で、ジンが靴《くつ》の底《そこ》でマッチを擦《す》ってタバコに火《ひ》をつけた。そして、ゆっくりと煙《けむり》を吐《は》く。

そのとき、再《ふたた》び電話《でんわ》が鳴《な》った。

「兄貴《あにき》！」

ウォッカが頬《ほお》を緩《ゆる》ませてジンを振《ふ》り返《かえ》る。

『はい宮野《みやの》です。ただ今《いま》、留守《るす》にしております……発信音《はっしんおん》の……』

留守番電話《るすばんでんわ》に切《き》り替《か》わって応答《おうとう》メッセージが流《なが》れ出《だ》すと——突然《とつぜん》、ピッポッパッとボタンを操作《そうさ》する音《おと》が聞《き》こえた。するとメッセージが途切《とぎ》れ、電話《でんわ》も切《き》れてしまった。ウォッカが呆然《ぼうぜん》と電話機《でんわき》を見《み》つめる。

「メッセージを消《け》しやがった！　まさかあの女《おんな》、俺《おれ》たちのことを勘付《かんづ》いて……!?」

ジンはタバコをくわえながら「いや、それはない」と冷静《れいせい》に答《こた》えた。

「メッセージを消《け》したってことは、後《あと》でそれを聞《き》かれたくないため…まさか俺《おれ》たちが電話《でんわ》のそばで聞《き》き耳《みみ》を立《た》てていたとは、夢《ゆめ》にも思《おも》っちゃいねえよ」

「またかけてきやすかねぇ……？」

「もう二度《にど》とかけてこねえだろうよ。だが……」

獲物《えもの》を狙《ねら》うハンターのように、ジンの目《め》がギラリと光《ひか》った。

「どうやら、天《てん》は俺《おれ》たちに加勢《かせい》してくれてるようだ」

「ツインタワービルのオープンパーティ……」

ウォッカがニヤリとすると、ジンはソファから立《た》ち上《あ》がった。

「やっと拝《おが》めそうだぜ、シェリー……、青《あお》く凍《こお》りついたおまえの死《し》に顔《がお》が……!」

灰原《はいばら》のコードネームを口《くち》にしたジンは、ぞっとするほど冷《ひ》ややかな笑《え》みを浮《う》かべた。


翌朝《よくあさ》。ランドセルを背負《せお》ったコナンが小学校《しょうがっこう》の廊下《ろうか》を歩《ある》いていると、灰原《はいばら》が早足《はやあし》でやってきて横《よこ》に並《なら》んだ。

「昨夜《ゆうべ》はごめんなさい」

「ん?」

「私《わたし》も危険《きけん》なことは承知《しょうち》してたわ、いつかやめなくちゃいけないって思《おも》ってた……」

ランドセルの肩《かた》ベルトを両手《りょうて》でつかんだ灰原《はいばら》は、前《まえ》を向《む》いたまま話《はな》し続《つづ》けた。

「それでも、一人《ひとり》になって寂《さび》しくなったり怖《こわ》くてたまらなくなったときに、ついつい受話《じゅわ》器《き》を取《と》ってしまうの。わずか十秒《じゅうびょう》足《た》らずの姉《あね》の声《こえ》を聞《き》きたくてね……」

「バーロ、おまえは一人《ひとり》なんかじゃねーよ！」

え……と驚《おどろ》いて灰原《はいばら》はコナンを見《み》た。が、すぐに前《まえ》を向《む》く。

「……私《わたし》もそろそろ潮時《しおどき》だと思《おも》っていたし、やめるわ。メッセージは消《け》しといたから、ご心配《しんぱい》なく」

いつもの冷静《れいせい》な声《こえ》で言《い》うと、灰原《はいばら》は教室《きょうしつ》に入《はい》っていった。自分《じぶん》の机《つくえ》にランドセルを置《お》き、

「でも……」とつぶやく。

「この頃《ごろ》、私《わたし》は誰《だれ》なんだろうって思《おも》うの」

近《ちか》くの席《せき》にランドセルを置《お》いたコナンは「ん？」と振《ふ》り返《かえ》って灰原《はいばら》を見《み》た。ランドセルに手《て》をかけた灰原《はいばら》は、寂《さび》しそうにうつむいて立《た》っている。

「私《わたし》は誰《だれ》で、私《わたし》の居場所《いばしょ》はどこにあるんだろうって。私《わたし》には、席《せき》がないのよ……」

体《からだ》が縮《ちぢ》んで別人《べつじん》として生《い》きている灰原《はいばら》は、自分《じぶん》が亡霊《ぼうれい》のようにあやふやな存在《そんざい》に思《おも》えた。

たとえ〈宮野志保《みやのしほ》〉に戻《もど》れたとしても、唯一《ゆいいつ》の肉親《にくしん》だった姉《あね》はもういない。組織《そしき》から追《お》わ

れるだけで、自分《じぶん》を必要《ひつよう》とする人《ひと》はもうこの世《よ》にいないのだ――。

「えー!?　灰原《はいばら》さん、席《せき》がないって！」

歩美《あゆみ》の声《こえ》に灰原《はいばら》が驚《おどろ》いて振《ふ》り返《かえ》ると、光彦《みつひこ》と元太《げんた》が不思議《ふしぎ》そうな顔《かお》で立《た》っていた。

「何《なに》言《い》ってんだよ、灰原《はいばら》！」

「灰原《はいばら》さんの席《せき》は、ちゃんとそこにあるじゃないですか！」

光彦《みつひこ》が灰原《はいばら》の席《せき》を指差《ゆびさ》し、歩美《あゆみ》は「私《わたし》はここ！」と灰原《はいばら》の前《まえ》の席《せき》に座《すわ》った。

「ボクはここです！」

「ここはオレだァ!!」

灰原《はいばら》の右隣《みぎどなり》の席《せき》に光彦《みつひこ》が座《すわ》り、元太《げんた》も灰原《はいばら》の後《うし》ろの席《せき》に元気《げんき》よくドスンと座《すわ》る。四人《よにん》に囲《かこ》まれるように立《た》った灰原《はいばら》は、とまどいながら子《こ》どもたちを見回《みまわ》した。

「なあ？　一人《ひとり》じゃねーって言《い》っただろ？」

コナンが声《こえ》をかけると、灰原《はいばら》はフッ……と小《ちい》さな笑《え》みを浮《う》かべ、自分《じぶん》の席《せき》に座《すわ》った。

その夜《よる》。オープンパーティを明日《あした》に控《ひか》えたツインタワービルでは、地下一階《ちかいっかい》の中央監視《ちゅうおうかんし》室《しつ》に三人《さんにん》の警備員《けいびいん》がいた。それぞれが監視《かんし》モニターの前《まえ》に座《すわ》り、ビル内《ない》に設置《せっち》された監視《かんし》カメラの映像《えいぞう》をチェックしている。

すると、彼《かれ》らの背後《はいご》にあるドアがゆっくりと静《しず》かに開《ひら》いた。黒《くろ》い手袋《てぶくろ》をした手《て》が伸《の》び、床《ゆか》にゴルフボールほどの怪《あや》しげな球体《きゅうたい》を置《お》く。やがてその球体《きゅうたい》からガスが出始《ではじ》めた。

警備員《けいびいん》たちが催眠《さいみん》ガスで眠《ねむ》りに落《お》ちると、黒《くろ》ずくめの服《ふく》を着《き》た男《おとこ》たちはそれぞれ屋上《おくじょう》、四十階《よんじっかい》のコンピュータ室《しつ》、地下四階《ちかよんかい》の電気室《でんきしつ》、七十五階《ななじゅうごかい》のパーティ会場《かいじょう》へと移動《いどう》した。

それぞれの場所《ばしょ》で作業《さぎょう》を終《お》えた男《おとこ》たちは、中央監視室《ちゅうおうかんししつ》に戻《もど》って催眠《さいみん》ガス装置《そうち》を回収《かいしゅう》すると、ビルの横《よこ》で待機《たいき》していた車《くるま》に乗《の》り込《こ》んだ——。

6

翌日《よくじつ》の夕方《ゆうがた》。毛利《もうり》探偵《たんてい》事務所《じむしょ》の前《まえ》に、小五郎《こごろう》が借《か》りてきたミニバンが停《と》まっていた。運《うん》転席《てんせき》には小五郎《こごろう》、三列目《さんれつめ》の座席《ざせき》には歩美《あゆみ》、光彦《みつひこ》、元太《げんた》が座《すわ》り、蘭《らん》、コナン、阿笠博士《あがさはかせ》、灰《はい》原《ばら》は車《くるま》の外《そと》で園子《そのこ》を待《ま》っていた。

「おい！　財閥《ざいばつ》のお嬢様《じょうさま》はまだ来《こ》ねーのかよ！」

「もう家《いえ》は出《で》たって」

いらつく小五郎《こごろう》の後《うし》ろでは、よそ行《ゆ》きの服《ふく》を着《き》た子《こ》どもたちがこれから行《い》くオープンパーティにわくわくしていた。

「楽《たの》しみね、パーティ♪」

「きっとゴチソウがいっぱい出《で》ますよ」

「オレ、うな重《じゅう》食《く》いてえ！」

何《なに》かにつけて大好物《だいこうぶつ》のうな重《じゅう》を持《も》ち出《だ》す元太《げんた》に、光彦《みつひこ》が「そういうのは出《で》ないと思《おも》いますけど……」とあきれた顔《かお》をして、歩美《あゆみ》はクスクスと笑《わら》った。

歩道《ほどう》に立《た》っていたコナンは「なあ」と灰原《はいばら》に話《はな》しかけた。

「専務《せんむ》の原《はら》さん、実《じつ》は黒《くろ》ずくめの男《おとこ》たちの仲間《なかま》だったなんてことはねーかな？」

「その可能性《かのうせい》はあるわね、彼《かれ》らは以前《いぜん》から政財界《せいざいかい》や医学界《いがくかい》、化学界《かがくかい》で、将来有望《しょうらいゆうぼう》な若手《わかて》を引《ひ》き入《い》れてるわ」

「市議《しぎ》の大木《おおき》さんは……？」

灰原《はいばら》は少《すこ》し考《かんが》えて「少々力不足《しょうしょうちからぶそく》だけど、若《わか》い頃《ころ》ならね」と答《こた》えた。そして険《けわ》しい顔《かお》でコナンを見《み》る。

「いずれにしても、一度《いちど》組織《そしき》に入《はい》った以上《いじょう》、抜《ぬ》け出《だ》そうとしたり裏切《うらぎ》ろうとした者《もの》には、容赦《ようしゃ》なく死《し》の制裁《せいさい》が待《ま》っているわ、私《わたし》を殺《ころ》そうとしてるようにね」

「すると、もし犯人《はんにん》があの四人《よにん》の誰《だれ》かじゃったとしたら……」

二人《ふたり》の背後《はいご》にいた阿笠博士《あがさはかせ》が風間英彦《かざまひでひこ》、常磐美緒《ときわみお》、沢口《さわぐち》ちなみ、如月峰水《きさらぎほうすい》を思《おも》い浮《う》かべると、コナンは「ああ」と振《ふ》り仰《あお》いだ。

「そいつも組織《そしき》に関係《かんけい》してる可能性《かのうせい》が高《たか》いってことだ……！」

三人《さんにん》の間《あいだ》に重苦《おもくる》しい空気《くうき》が漂《ただよ》い始《はじ》めたとき、前方《ぜんぽう》から園子《そのこ》が手《て》を振《ふ》りながらやってきた。

「はーい、お待《ま》ちどうさま！」

「園子《そのこ》……!?」

蘭《らん》は園子《そのこ》を見《み》て目《め》を丸《まる》くした。ストレートだった園子《そのこ》の髪《かみ》に、パーマが当《あ》てられていたのだ。

「どうしたの、その髪《かみ》！」

「イメチェンよ、イメチェン！」

園子《そのこ》はそう言《い》って、灰原《はいばら》を見《み》た。

「彼女《かのじょ》にならってウェーブかけたのよ。どお、似合《にあ》う？」

自慢《じまん》げにポーズを取《と》る園子《そのこ》を見《み》て、コナンは「あ……」と声《こえ》をもらした。

灰原《はいばら》と同《おな》じ髪型《かみがた》をした園子《そのこ》が、〈宮野志保《みやのしほ》〉とダブって見《み》えたのだ——。

コナンがじっと見《み》つめていると、園子《そのこ》は怪訝《けげん》そうににらんだ。

「あら、何《なに》か言《い》いたそうね？」

「あ、いや別《べつ》に……」

「あー！　さては園子《そのこ》さんに見《み》とれてましたね！」

「マジかよ、コナン⁉」

車《くるま》から光彦《みつひこ》と元太《げんた》が顔《かお》を出《だ》してきて、コナンは「ち、違《ちが》うって……」と慌《あわ》てて否定《ひてい》した。

車《くるま》の中《なか》からコナンを見《み》ていた歩美《あゆみ》の表情《ひょうじょう》が曇《くも》る。そして、

「わたしもウェーブかけようかな……」

と自分《じぶん》の髪《かみ》をつまんだ。


西《にし》に沈《しず》む太陽《たいよう》に照《て》らされたツインタワービルが赤《あか》く染《そ》まり出《だ》す頃《ころ》、目暮《めぐれ》たちはビルの前《まえ》の駐車場《ちゅうしゃじょう》にいた。車《くるま》の周《まわ》りに立《た》ち、険《けわ》しい表情《ひょうじょう》でビルを眺《なが》めている。

「警部《けいぶ》！　我々《われわれ》もパーティ会場《かいじょう》に！」

高木《たかぎ》がこらえ切《き》れずに口《くち》に出《だ》すと、目暮《めぐれ》は「ダメだ！」と抑《おさ》えた。

「常磐《ときわ》さんに断《ことわ》られた以上《いじょう》、我々《われわれ》はここで待機《たいき》するしかない！」

車《くるま》のフロントバンパーによりかかった白鳥《しらとり》は、腕《うで》を組《く》みながらツインタワービルの上層《じょうそう》階《かい》を見上《みあ》げた。

「後《あと》は、何《なに》も起《お》こらないのを祈《いの》るだけですね……」

A塔七十五階《エーとうななじゅうごかい》のパーティ会場《かいじょう》には、正装《せいそう》した大勢《おおぜい》の招待客《しょうたいきゃく》が集《あつ》まっていた。会場《かいじょう》の中央《ちゅうおう》には豪華《ごうか》なフランス料理《りょうり》が並《なら》べられ、小五郎《こごろう》が次々《つぎつぎ》と皿《さら》に取《と》っていく。

「いやぁ、キャビアにフォアグラ、鴨《かも》！　たまらんっスなぁ!!」

「んじゃワシも♡」

阿笠博士《あがさはかせ》も料理《りょうり》を取《と》ろうとすると、そばに立《た》っていた灰原《はいばら》が「ダメよ！」と注意《ちゅうい》した。

「博士《はかせ》は和食《わしょく》にしなさい！　低《てい》カロリーなもの取《と》ってきてあげるから」

そう言《い》って和食《わしょく》コーナーへ向《む》かう。小学一年生《しょうがくいちねんせい》とは思《おも》えない灰原《はいばら》の態度《たいど》に、小五郎《こごろう》はきょとんとした。

「……何《なん》か奥《おく》さんみたいな子《こ》っスね」

「おかげでいつも腹《はら》ペコじゃよ」

阿笠博士《あがさはかせ》は空《から》の皿《さら》を置《お》いて苦笑《にがわら》いをした。


会場《かいじょう》の一角《いっかく》には真《ま》っ赤《か》なボディのオープンカーが展示《てんじ》されていた。そのフロントグリルには馬《うま》のエンブレムが付《つ》いていて、車《くるま》の前《まえ》に立《た》っていた元太《げんた》が目《め》を輝《かがや》かせる。

「カッコいいな～、この車《くるま》！」

「フォードのマスタング・コンバーチブルですよ」

光彦《みつひこ》が説明《せつめい》すると、元太《げんた》は「でも」と首《くび》をひねった。

「こんなでけえの、どうやって持《も》ってきたんだ？」

「きっと分解《ぶんかい》した部品《ぶひん》をここで組《く》み立《た》てたんですよ」

光彦《みつひこ》の推測《すいそく》に、歩美《あゆみ》が「違《ちが》うわ」と否定《ひてい》する。

「荷物用《にもつよう》のエレベーターを使《つか》ったのよ」

「荷物用《にもつよう》のエレベーター？」

「うちのマンションにもあるの…。普通《ふつう》のより大《おお》きいから、タンスも簡単《かんたん》！」

「じゃあ、象《ぞう》でもか⁉」

元太《げんた》がたずねると、歩美《あゆみ》は「う〜ん……」と少《すこ》し考《かんが》えた。

「運《はこ》べると思《おも》うけど……」

「象《ぞう》を飼《か》う人《ひと》なんていないんじゃないですか？」

光彦《みつひこ》があきれた顔《かお》で見《み》ると、元太《げんた》は「え」と目《め》を丸《まる》くした。

蘭《らん》と園子《そのこ》は巨大《きょだい》なガラス窓《まど》の前《まえ》に立《た》ち、夕日《ゆうひ》に染《そ》まる富士山《ふじさん》を眺《なが》めていた。他《ほか》の招待客《しょうたいきゃく》も窓《まど》の前《まえ》に並《なら》び、その幻想的《げんそうてき》な眺《なが》めに心《こころ》を奪《うば》われている。蘭《らん》たちのすぐそばで富士山《ふじさん》を眺《なが》めていた如月《きさらぎ》は、やがて踵《きびす》を返《かえ》し、杖《つえ》をついて短《みじか》い階段《かいだん》を下《お》りていった。

「きれいね……」

富士山《ふじさん》を見《み》ていた蘭《らん》がうっとりとした顔《かお》で言《い》うと、園子《そのこ》は「ああ〜」と両手《りょうて》を胸《むね》の前《まえ》で組《く》んだ。

「こんな美《うつく》しい景色《けしき》を新一《しんいち》と一緒《いっしょ》に見《み》られたら、わたし、もうどうなったって……でしょ⁉」

「何《なに》が『でしょ⁉』よ、もう‼」

頬《ほお》を赤《あか》らめた蘭《らん》が顔《かお》を背《そむ》け、園子《そのこ》はいたずらっぽくイヒヒ……と笑《わら》った。

富士山《ふじさん》が見《み》える窓《まど》の反対《はんたい》にある北東側《ほくとうがわ》の窓《まど》にも招待客《しょうたいきゃく》が集《あつ》まり、隣《となり》のB塔《ビーとう》の屋上《おくじょう》を見下《みお》ろしていた。

「本当《ほんとう》はあのビルからも富士山《ふじさん》を見《み》えるようにしたかったんですが、地盤《じばん》の関係《かんけい》からそうできなくなってしまったんですよ」

風間《かざま》が招待客《しょうたいきゃく》に説明《せつめい》しているのを聞《き》いたコナンは、そうか……と思《おも》った。

(B塔《ビーとう》からは富士山《ふじさん》が見《み》えないんだ……)

言《い》われてみれば、A塔《エーとう》より低《ひく》いB塔《ビーとう》からは、A塔《エーとう》にさえぎられて富士山《ふじさん》を見《み》ることはできない――。

コナンはB塔《ビーとう》を悔《くや》しそうな顔《かお》で見下《みお》ろす風間《かざま》をチラリと見《み》た。

招待客《しょうたいきゃく》がワインなどを片手《かたて》に歓談《かんだん》していると、やがて舞台《ぶたい》に黒《くろ》と紫《むらさき》のドレスに身《み》を包《つつ》んだ美緒《みお》が現《あらわ》れた。舞台《ぶたい》の下《した》から出《で》てきたマイクの前《まえ》に立《た》つ。

「皆《みな》さま、本日《ほんじつ》は私《わたくし》ども〈TOKIWA《トキワ》〉のツインタワービルのオープンパーティに御臨《ごりん》席《せき》くださいまして、誠《まこと》にありがとうございます」

招待客《しょうたいきゃく》が一様《いちよう》に舞台《ぶたい》を振《ふ》り返《かえ》ると、美緒《みお》は「ここでちょっと余興《よきょう》にゲームを行《おこな》いたいと思《おも》います」と微笑《ほほえ》んだ。

「私《わたくし》の亡《な》き父《ちち》、常磐金成《ときわかねなり》の名《な》にちなんで、そして常磐《ときわ》グループ三十周年《さんじっしゅうねん》にあやかって、時《じ》間《かん》——それも三十秒《さんじゅうびょう》を当《あ》てるゲームです！」

元太《げんた》、光彦《みつひこ》、歩美《あゆみ》が「えー!!」と驚《おどろ》いて顔《かお》を見合《みあ》わせる。

「光彦《みつひこ》が考《かんが》えたのと同《おな》じじゃん！」

「ピッタリ当《あ》てられた方《かた》、もしくは一番近《いちばんちか》かった方《かた》に……そちらに展示《てんじ》された車《くるま》、マスタング・コンバーチブルをプレゼントさせていただきます！」

美緒《みお》が窓際《まどぎわ》に展示《てんじ》された車《くるま》を示《しめ》すと、会場《かいじょう》は一気《いっき》にどよめいた。

「ただし、ピタリ賞《しょう》がお二人出《ふたりで》た場合《ばあい》は、ジャンケンをしていただき、負《ま》けた方《かた》はヘルメット付《つ》きマウンテンバイクで我慢《がまん》していただきます！」

車《くるま》の横《よこ》に展示《てんじ》されたマウンテンバイクを見《み》た招待客《しょうたいきゃく》たちから、ドッと笑《わら》いが起《お》こる。

「やったぜ、光彦《みつひこ》！」

ゲームの内容《ないよう》を知《し》った元太《げんた》と光彦《みつひこ》はハイタッチを交《か》わした。

「ボクたちには歩美《あゆみ》ちゃんがついてますからね！」

「もう勝《か》ったも同《おな》じだよな!!」

しかし、肝心《かんじん》の歩美《あゆみ》は心細《こころぼそ》そうに周囲《しゅうい》をキョロキョロと見回《みまわ》している。

「コナン君《くん》、どこだろう……？」

「ゲームに参加《さんか》してくださる方《かた》は時計《とけい》をお預《あず》けください。後《のち》ほど、その時計《とけい》にピッタリの宝石《ほうせき》を添《そ》えてお返《かえ》しします」

美緒《みお》の言葉《ことば》に会場《かいじょう》が再《ふたた》びどよめき、蘭《らん》と園子《そのこ》も目《め》を丸《まる》くした。

「スゴーイ！　宝石《ほうせき》だって！」

「うーん……常磐財閥《ときわざいばつ》もやるわね！」

さっそく会場《かいじょう》では、ちなみをはじめとする社員《しゃいん》たちがカゴを持《も》って招待客《しょうたいきゃく》の時計《とけい》を回収《かいしゅう》し始《はじ》めた。

「はい、入《い》れたら旗《はた》を一本取《いっぽんと》ってね」

子《こ》どもたちが時計《とけい》をカゴに入《い》れると、ちなみは小《ちい》さな旗《はた》を渡《わた》した。小五郎《こごろう》と阿笠博士《あがさはかせ》、蘭《らん》と園子《そのこ》もそれぞれカゴに時計《とけい》を入《い》れて、旗《はた》を受《う》け取《と》る。

男性社員《だんせいしゃいん》がカゴを差《さ》し出《だ》すと、コナンは手《て》を振《ふ》った。

「ボクはいいです」

「私《わたし》も」

横《よこ》にいた灰原《はいばら》もゲームの参加《さんか》を断《ことわ》った。すると、別《べつ》の社員《しゃいん》にカゴを差《さ》し出《だ》された如月《きさらぎ》も険《けわ》しい表情《ひょうじょう》で首《くび》を振《ふ》った。

「私《わたし》は時計《とけい》を持《も》たんし、ゲームに参加《さんか》する気《き》もない」

招待客《しょうたいきゃく》らが時計《とけい》を預《あず》けて旗《はた》を持《も》つと、舞台《ぶたい》に立《た》った美緒《みお》は「さあ、子《こ》どもさんたちは見《み》えるように前《まえ》の方《ほう》へどうぞ」と促《うなが》した。

大人《おとな》の間《あいだ》から出《で》てきた元太《げんた》たちは、コナンと灰原《はいばら》の姿《すがた》を見《み》つけ、二人《ふたり》が旗《はた》を持《も》っていないのに気《き》づいた。

「何《なん》だ、コナンと灰原《はいばら》はやんねーのか」

二人《ふたり》が一緒《いっしょ》にいるのを見《み》た歩美《あゆみ》が、寂《さび》しそうに持《も》っていた旗《はた》を見《み》つめる。

舞台《ぶたい》の前《まえ》にはちなみを含《ふく》む若《わか》い社員《しゃいん》たちが並《なら》び始《はじ》め、美緒《みお》が「それでは始《はじ》めます！」とストップウォッチを持《も》つちなみを示《しめ》した。

「彼女《かのじょ》の『スタート』の合図《あいず》から数《かぞ》え出《だ》して、三十秒《さんじゅうびょう》でお渡《わた》しした旗《はた》をお上《あ》げください！」

「ヌフッ！　来《こ》いっ!!」

旗《はた》を持《も》った小五郎《こごろう》が気合《きあい》を入《い》れる。

「よーい……スタート!!」

ちなみが合図《あいず》と同時《どうじ》にストップウォッチを押《お》すと、招待客《しょうたいきゃく》たちは一斉《いっせい》に目《め》をつぶり、真剣《しんけん》な表情《ひょうじょう》で秒数《びょうすう》を数《かぞ》え始《はじ》めた。

「……八《はち》……九《きゅう》……十《じゅう》……」

目《め》をつぶって数《かぞ》える蘭《らん》の横《よこ》で、財閥令嬢《ざいばつれいじょう》で車《くるま》が欲《ほ》しいわけでもない園子《そのこ》も「十五《じゅうご》……十《じゅう》六《ろく》……」と数《かぞ》える。

阿笠博士《あがさはかせ》や子《こ》どもたちも小声《こごえ》で数字《すうじ》を数《かぞ》えた。

誰《だれ》よりも真剣《しんけん》に数《かぞ》えている小五郎《こごろう》の横《よこ》では、母親《ははおや》が「ほーら、高《たか》い高《たか》い」と赤《あか》ん坊《ぼう》をあ

やしていて、

「二十四《にじゅうよん》……二十五《にじゅうご》……二十六《にじゅうろく》……」

突然《とつぜん》、赤《あか》ん坊《ぼう》が小五郎《こごろう》の頭《あたま》を叩《たた》いた。小五郎《こごろう》がギョッと目《め》を見開《みひら》く。

「あやっ！　わかんなくなっちゃった!!」

すると、小五郎《こごろう》の横《よこ》で阿笠博士《あがさはかせ》が「はい！」と旗《はた》を上《あ》げた。その後《うし》ろの男性《だんせい》二人《ふたり》も次々《つぎつぎ》と旗《はた》を上《あ》げる。

「い、いかん！　こうなりゃ誰《だれ》かと一緒《いっしょ》に――」

焦《あせ》った小五郎《こごろう》が周囲《しゅうい》を見回《みまわ》したとき、赤《あか》ん坊《ぼう》が「フンギャーッ!!」と泣《な》き出《だ》した。

「わあっ!?」

その泣《な》き声《ごえ》に驚《おどろ》いた小五郎《こごろう》が思《おも》わず手《て》を上《あ》げると同時《どうじ》に、ちなみが「はいっ！」と三十《さんじゅう》秒《びょう》を告《つ》げた。

「そこの青《あお》の方《かた》！」

美緒《みお》に指差《ゆびさ》された小五郎《こごろう》はきょとんとしながら手《て》に持《も》った青《あお》い旗《はた》を見《み》つめ、自分《じぶん》を指差《ゆびさ》した。

「おめでとうございます、ピタリ賞《しょう》です！」

「えー―っ!?」

「お父《とう》さん！」

蘭《らん》が小五郎《こごろう》を見《み》て喜《よろこ》び、コナンも「マジかよ……？」と目《め》をパチパチさせる。

「毛利先輩《もうりせんぱい》ですね、どうぞこちらへ」

美緒《みお》に促《うなが》された小五郎《こごろう》は拍手《はくしゅ》に送《おく》られ、客《きゃく》に愛想《あいそ》を振《ふ》りまきながら舞台《ぶたい》へと向《む》かった。

泣《な》き叫《さけ》ぶ赤《あか》ん坊《ぼう》を抱《だ》いた母親《ははおや》は「すみません」と申《もう》し訳《わけ》なさそうに舞台《ぶたい》の横《よこ》から会場出口《かいじょうでぐち》へと歩《ある》いていく。

「皆《みな》さん、名探偵《めいたんてい》の毛利小五郎《もうりこごろう》さんです！　何《なに》か一言《ひとこと》お願《ねが》いします」

美緒《みお》は横《よこ》に立《た》った小五郎《こごろう》にマイクを向《む》けた。

「いやぁ～、これでレンタカー生活《せいかつ》とおさらばできます！」

会場《かいじょう》からドッと笑《わら》いが起《お》こり、蘭《らん》は「もう、お父《とう》さんたら……」と恥《は》ずかしそうに顔《かお》を赤《あか》らめた。

自信満々《じしんまんまん》だった元太《げんた》たちは外《はず》れてしまい、ガックリとうなだれていた。

「外《はず》れちゃいましたね」

「わたし、まだ二十五秒《にじゅうごびょう》だった……」

「オレなんか、十二秒《じゅうにびょう》だぜ」

元太《げんた》の言葉《ことば》に、光彦《みつひこ》は「え」と目《め》を丸《まる》くした。


ゲームが終《お》わって再《ふたた》び歓談《かんだん》が始《はじ》まると、ちなみは如月《きさらぎ》に近《ちか》づいて何《なに》やら耳打《みみう》ちをした。

さらに「失礼《しつれい》します」と客《きゃく》と話《はなし》をしていた風間《かざま》に声《こえ》をかける。

如月《きさらぎ》、風間《かざま》、ちなみはコナンの横《よこ》を通《とお》り、舞台《ぶたい》の横《よこ》へ向《む》かっていった。すると、会場《かいじょう》の照明《しょうめい》が消《き》えて、舞台《ぶたい》に立《た》っている司会者《しかいしゃ》にスポットライトが当《あ》てられた。

「皆《みな》さん、ここで本日《ほんじつ》のメインゲスト、我《わ》が国《くに》が誇《ほこ》る日本画《にほんが》の巨匠《きょしょう》、如月峰水先生《きさらぎほうすいせんせい》の作品《さくひん》をご紹介《しょうかい》したいと思《おも》います！」

司会者《しかいしゃ》がB塔側《ビーとうがわ》の窓《まど》を示《しめ》すと、大《おお》きなスクリーンが下《お》りてきて、如月《きさらぎ》の作品《さくひん》が次々《つぎつぎ》と映《うつ》し出《だ》された。どれも富士山《ふじさん》がモチーフで、桜《さくら》や菜《な》の花畑《はなばたけ》などと一緒《いっしょ》に描《えが》かれた物《もの》や、夕暮《ゆうぐ》れの湖面《こめん》に映《うつ》る逆《さか》さ富士《ふじ》など、様々《さまざま》な美《うつく》しい姿《すがた》を見事《みごと》に描《えが》いている。

「如月先生《きさらぎせんせい》は富士山《ふじさん》をこよなく愛《あい》され、三十年以上《さんじゅうねんいじょう》の長《なが》きにわたってその雄姿《ゆうし》を描《えが》き続《つづ》けておられます。そして今回《こんかい》、教《おし》え子《ご》である常磐美緒《ときわみお》のツインタワービルオープンを祝《いわ》って、新作《しんさく》を寄贈《きぞう》してくださいました。ご紹介《しょうかい》します！『春雪《しゅんせつ》の富士《ふじ》』です！」

司会者《しかいしゃ》が舞台中央《ぶたいちゅうおう》を示《しめ》すとカーテンが両側《りょうがわ》に開《ひら》き、壁《かべ》に掲《かか》げられた如月《きさらぎ》の作品《さくひん》に大量《たいりょう》のスポットライトが当《あ》てられた。その瞬間《しゅんかん》、客《きゃく》たちの表情《ひょうじょう》が凍《こお》りついた。

「なっ⁉」

「あれは⁉」

小五郎《こごろう》とコナンが目《め》を見張《みは》り、会場《かいじょう》から悲鳴《ひめい》が上《あ》がった。

舞台上《ぶたいじょう》に高《たか》く掲《かか》げられた『春雪《しゅんせつ》の富士《ふじ》』の絵《え》の中央《ちゅうおう》に、真珠《しんじゅ》のネックレスで首《くび》を吊《つ》られた美緒《みお》の変《か》わり果《は》てた姿《すがた》があったのだ――！

作品《さくひん》の両側《りょうがわ》に立《た》っていた風間《かざま》と如月《きさらぎ》はがく然《ぜん》とし、舞台袖《ぶたいそで》で照明《しょうめい》や音響《おんきょう》を操作《そうさ》していたちなみも「しゃ、社長《しゃちょう》⁉」と驚《おどろ》いて立《た》ち上《あ》がる。

「クソッ‼」

悲鳴《ひめい》が飛《と》び交《か》う中《なか》、小五郎《こごろう》は駆《か》け出《だ》して舞台《ぶたい》に飛《と》び上《あ》がった。コナンも続《つづ》いて舞台《ぶたい》によじ登《のぼ》る。

「ええい、下《お》ろせ！　美緒君《みおくん》を下《お》ろすんだ！　カーテンもすぐに閉《し》めろ!!」

小五郎《こごろう》に指示《しじ》されたちなみは慌《あわ》ててスイッチを押《お》した。カーテンが閉《と》じていくと、如月《きさらぎ》の作品《さくひん》が天井《てんじょう》に上《あ》がり始《はじ》め、同時《どうじ》に吊《つ》られた美緒《みお》が下《お》りてきた。美緒《みお》を抱《かか》えて床《ゆか》へ横《よこ》たわらせた小五郎《こごろう》が、美緒《みお》の首《くび》に指《ゆび》を当《あ》てて脈《みゃく》を診《み》る。

「ダメか……！」

すでに息絶《いきた》えたことがわかり、小五郎《こごろう》はガックリとうなだれた。風間《かざま》や如月《きさらぎ》と共《とも》に様子《ようす》を見守《みまも》っていたコナンは、美緒《みお》の遺体《いたい》に近《ちか》づいてその首《くび》を見《み》た。

（真珠《しんじゅ》のネックレスにピアノ線《せん》……！）

コナンはネックレスに繋《つな》がったピアノ線《せん》をたどり、天井《てんじょう》を見上《みあ》げた。

（ピアノ線《せん》はあの絵《え》に繋《つな》がれているのか……）

ピアノ線《せん》は天井《てんじょう》に設《もう》けられた狭《せま》い通路《つうろ》を通《とお》して如月《きさらぎ》の絵《え》に繋《つな》がれているため、絵《え》が上《あ》がると美緒《みお》の遺体《いたい》が下《お》りてきたのだ。

「ん？　あれは……!?」

小五郎《こごろう》の声《こえ》に反応《はんのう》して、コナンも床《ゆか》を見《み》た。すると、美緒《みお》の足元《あしもと》に割《わ》れていないおちょこが落《お》ちていた。

「おちょこじゃねーか!!」

それは大木《おおき》と原《はら》が殺害《さつがい》された現場《げんば》に置《お》かれていたおちょことよく似《に》た物《もの》だった。

(じゃあまさか、この事件《じけん》も……!!)

コナンはがく然《ぜん》としながら、変《か》わり果《は》てた美緒《みお》を見《み》た。

華《はな》やかなパーティ会場《かいじょう》が一転《いってん》して、悲惨《ひさん》な殺人現場《さつじんげんば》に変《か》わってしまったのだ——。

7

無線《むせん》で連絡《れんらく》を受《う》けてパーティ会場《かいじょう》に乗《の》り込《こ》んだ目暮《めぐれ》たちは、現場《げんば》を封鎖《ふうさ》し、招待客《しょうたいきゃく》らを留《とど》まらせるよう指示《しじ》した。舞台前《ぶたいまえ》に警官《けいかん》を二名配置《にめいはいち》すると、カーテンが閉《と》じられた舞台《ぶたい》へ入《はい》っていった。そして、舞台上《ぶたいじょう》に掲《かか》げられた『春雪《しゅんせつ》の富士《ふじ》』の前《まえ》に立《た》ち、小五郎《こごろう》たちから事情《じじょう》を聞《き》いていた。

（富士山《ふじさん》の絵《え》か……）

舞台袖《ぶたいそで》から様子《ようす》をうかがっていたコナンは、『春雪《しゅんせつ》の富士《ふじ》』を見上《みあ》げた。雲《くも》にけぶる富《ふ》士山《じさん》がその山頂《さんちょう》にうっすらと雪《ゆき》をまとっている絵《え》だ。それを見《み》て、コナンは美緒《みお》の生前《せいぜん》の言葉《ことば》を思《おも》い出《だ》した。

〝ここは夜《よる》でも富士《ふじ》が見《み》えるんですよ〟

（あれは、こういう意味《いみ》だったのか……）

夜《よる》でも見《み》える富士《ふじ》というのは、如月《きさらぎ》が描《か》いた富士山《ふじさん》のことだったのだ。

小五郎《こごろう》は美緒《みお》のネックレスに引《ひ》っ掛《か》けられていたピアノ線《せん》を目暮《めぐれ》に見《み》せた。

「つまり美緒君《みおくん》は、ピアノ線付《せんつ》きのこのフックをネックレスに引《ひ》っ掛《か》けられたんです……キャット・ウォーク（高所《こうしょ》に設《もう》けられた狭《せま》い通路《つうろ》）を通《とお》したピアノ線《せん》は、絵《え》が下《さ》がるのと逆《ぎゃく》に美緒君《みおくん》を引《ひ》っ張《ぱ》り上《あ》げました」

「なるほど……そのとき、舞台《ぶたい》の上《うえ》には？」

目暮《めぐれ》がたずねると、風間《かざま》は「私《わたし》と如月先生《きさらぎせんせい》がいました」と答《こた》えた。

「では、その場所《ばしょ》に立《た》ってください。千葉《ちば》君《くん》は常磐《ときわ》さんの位置《いち》だ」

「はい！」

舞台《ぶたい》の床《ゆか》には小《ちい》さなライトが三《みっ》つ並《なら》んでついていて、風間《かざま》が舞台《ぶたい》に向《む》かって左端《ひだりはし》のライトの前《まえ》に立《た》った。

「この灯《あか》りが目印《めじるし》で、真《ま》ん中《なか》は美緒《みお》さんです」

如月《きさらぎ》が「私《わたし》はここだ」と右端《みぎはし》のライトの前《まえ》に、そして中央《ちゅうおう》のライトの前《まえ》に千葉《ちば》が立《た》つ。

「そのとき、沢口《さわぐち》さんは舞台袖《ぶたいそで》にいたんですね？」

白鳥《しらとり》がたずねると、ちなみは「はい」と舞台袖《ぶたいそで》の装置《そうち》を振《ふ》り返《かえ》った。

「あそこで、絵《え》の上《あ》げ下《さ》げの操作《そうさ》を……」

舞台袖《ぶたいそで》でコナンが聞《き》いていると、小五郎《こごろう》が「警部殿《けいぶどの》」と目暮《めぐれ》に近《ちか》づいた。

「おちょこを置《お》き、ピアノ線《せんつ》付きフックをネックレスに引《ひ》っ掛《か》けられるのは、幕《まく》が開《あ》くまでのわずかな時間《じかん》です」

「つまり、ここにいる三人《さんにん》以外《いがい》は不可能《ふかのう》だということだな？」

「ええ、あの中《なか》に連続殺人犯《れんぞくさつじんはん》が……」

小五郎《こごろう》と目暮《めぐれ》は、ちなみ、風間《かざま》、如月《きさらぎ》を見《み》た。

「真珠《しんじゅ》のネックレスは？」

目暮《めぐれ》がちなみにたずねる。

「ある人《ひと》からのプレゼントだとはおっしゃってましたが、誰《だれ》からとは……」

「この絵《え》はいつここに？」

「昨日《きのう》の夜《よる》です。如月先生《きさらぎせんせい》の立会《たちあ》いのもと、私《わたし》どもで運《はこ》び入《い》れました」

白鳥《しらとり》が「すると」と如月《きさらぎ》を振《ふ》り返《かえ》る。

「ピアノ線《せん》の細工《さいく》を一番容易《いちばんようい》にできるのは……」

「残念《ざんねん》ながら知《し》らんな」

如月《きさらぎ》があっさり否定《ひてい》すると、小五郎《こごろう》は「そういえば、如月《きさらぎ》さん」と口《くち》を開《ひら》いた。

「美緒君《みおくん》があなたの絵《え》を買《か》い占《し》めて高《たか》く売《う》っていたことに腹《はら》を立《た》てていたそうですね」

「そんなことで人《ひと》を殺《あや》めようとは思《おも》わんよ」

如月《きさらぎ》はギロリと小五郎《こごろう》をにらんだ。

「それより、さっきの君《きみ》らの話《はなし》によると、これは連続殺人《れんぞくさつじん》ということだが？」

小五郎《こごろう》と目暮《めぐれ》が「あ……！」と声《こえ》をもらす。

「だとしたら、二件目《にけんめ》の原君《はらくん》のときにアリバイのある私《わたし》は、犯人《はんにん》とは言《い》えないのじゃないのかね？」

如月《きさらぎ》の言《い》い分《ぶん》は道理《どうり》にかなっていた。黙《だま》っている目暮《めぐれ》に、高木《たかぎ》が背後《はいご》から進言《しんげん》する。

「如月《きさらぎ》さんには前《まえ》二件《にけん》のおちょこを見《み》せていませんから、連続殺人《れんぞくさつじん》に見《み》せかけて似《に》たおちょこを置《お》くことはできませんね」

すると、風間《かざま》が「あのォ……」と声《こえ》をかけた。

「暗《くら》くなった直後《ちょくご》に誰《だれ》かが美緒《みお》さんに駆《か》け寄《よ》って、何《なに》か言《い》ってるのを気配《けはい》で感《かん》じました」

「ホントですか⁉」

小五郎《こごろう》と目暮《めぐれ》が目《め》を見開《みひら》く。

「男《おとこ》でしたか？　女《おんな》でしたか？」

目暮《めぐれ》にたずねられた風間《かざま》がチラリとちなみを見《み》ると、ちなみは目線《めせん》を外《はず》した。

「そのとき、微《かす》かに香水《こうすい》の香《かお》りが……」

「……はい！　行《い》ったのは確《たし》かに私《わたし》です！　で、でも、段取《だんど》りについて社長《しゃちょう》に確認《かくにん》しただけです！」

動揺《どうよう》しながらも身《み》の潔白《けっぱく》を訴《うった》えるちなみに、目暮《めぐれ》は「うーむ……」と考《かんが》え込《こ》んだ。すると、その横《よこ》で小五郎《こごろう》が「ああっ！」と手《て》を打《う》つ。

「警部殿《けいぶどの》、わかりましたよ犯人《はんにん》が！」

「え⁉」

目暮《めぐれ》と共《とも》に、舞台袖《ぶたいそで》のコナンも（え⁉）と驚《おどろ》く。

「犯人《はんにん》は……沢口《さわぐち》ちなみさん、あなただ!!」

小五郎《こごろう》に指《ゆび》を差《さ》されたちなみは「え……!?」と目《め》を見開《みひら》いた。

「ち、違《ちが》います！　どうして私《わたし》が!?」

「沢口《さわぐち》さん、あなたのお父《とう》さんは正義感《せいぎかん》の強《つよ》い新聞記者《しんぶんきしゃ》で、常《つね》に政治家《せいじか》などの不正《ふせい》を追及《ついきゅう》していたそうですね」

「え……？」

唐突《とうとつ》に父親《ちちおや》の話《はなし》を持《も》ち出《だ》されたちなみは、とまどいの表情《ひょうじょう》を見《み》せた。

「あなたは父親《ちちおや》の死後《しご》、〈TOKIWA《トキワ》〉に就職《しゅうしょく》して社長秘書《しゃちょうひしょ》になった。ところが、今回《こんかい》のツインタワー建設《けんせつ》の際《さい》、不正《ふせい》が行《おこな》われた……美緒君《みおくん》と原《はら》さんが相談《そうだん》して、市会議員《しかいぎいん》の大木《おおき》さんに金《かね》を渡《わた》し、市《し》の条例《じょうれい》を改正《かいせい》させるよう頼《たの》んだんです。父親《ちちおや》の性格《せいかく》を受《う》け継《つ》いだあなたには、それが許《ゆる》せなかった……だから、三人《さんにん》を殺害《さつがい》したんです！」

「そ、そんな……！」

ちなみが唇《くちびる》を震《ふる》わせると、目暮《めぐれ》は「ん？」と眉《まゆ》をひそめた。

「だが毛利君《もうりくん》、犯行現場《はんこうげんば》に犯人《はんにん》が残《のこ》していったあのおちょこは、沢口《さわぐち》さんと何《なん》の関係《かんけい》もないんじゃないか？」

「いえ、警部殿《けいぶどの》！　おちょこは漢字《かんじ》で猪《いのしし》の口《くち》と書《か》きます…沢口《さわぐち》さんは亥年《いのししどし》で苗字《みょうじ》に『口《くち》』がつき、二《ふた》つ合《あ》わせると『猪口《ちょこ》』になります！　つまり彼女《かのじょ》は、自分《じぶん》の分身《ぶんしん》であるおちょこを叩《たた》き割《わ》り、父親《ちちおや》から受《う》け継《つ》いだ身《み》を裂《さ》くような怒《いか》りを、メッセージとして現場《げんば》に残《のこ》したんですよ……!!」

「おお～ッ、なるほど！」

「眠《ねむ》ってないのにつじつまが合《あ》っている……」

目暮《めぐれ》と白鳥《しらとり》が感嘆《かんたん》の眼差《まなざ》しを向《む》けると、小五郎《こごろう》は得意《とくい》げに胸《むね》をそらしてナーハッハッハッと高笑《たかわら》いした。

「そんなのトンチが利《き》いた、ただのこじつけだよ！」

コナンの発言《はつげん》に、小五郎《こごろう》が「どわぁーっ!!」とこけて倒《たお》れる。

「何《なん》だとォ～!?」

「だって、今回《こんかい》のおちょこは割《わ》れてなかったじゃない？　身《み》を裂《さ》くような怒《いか》りを表《あらわ》したいんなら――」

「うっせえんだよ！　オメーは!!」

小五郎《こごろう》はコナンの襟《えり》をつかんで持《も》ち上《あ》げると、勢《いきお》いよく放《ほう》り投《な》げた。舞台袖《ぶたいそで》に背中《せなか》から落《お》ちたコナンが「イッテーッ!!」と背中《せなか》を押《お》さえる。

「苦労《くろう》してるみたいね」

そばに立《た》っていた灰原《はいばら》が哀《あわ》れむような顔《かお》でコナンを見《み》た。

「わかってんならおまえも何《なに》か知恵《ちえ》出《だ》せよ」

「さあね？　ただ言《い》えることは、美緒《みお》さんがお酒《さけ》で相当《そうとう》できあがってたってことぐらいかしら」

「え？」

「酔《よ》っててもいなきゃ、ネックレスにピアノ線《せん》を引《ひ》っ掛《か》けられたときに気《き》がつくと思《おも》わない？」

灰原《はいばら》の推理《すいり》に、コナンはハッと目《め》を見開《みひら》いた。そのとき、床《ゆか》についた指先《ゆびさき》に異物感《いぶつかん》を覚《おぼ》えた。指先《ゆびさき》を見《み》ると、一粒《ひとつぶ》の真珠《しんじゅ》に触《ふ》れていた。

（真珠《しんじゅ》の玉《たま》だ……なぜこんなところに……？）

真珠《しんじゅ》の玉《たま》を拾《ひろ》い上《あ》げ顔《かお》に近《ちか》づけたとたん、コナンの脳裏《のうり》で何《なに》かがひらめいた。

（ま、待《ま》てよ！　もしかして――!!）

すぐに立《た》ち上《あ》がって舞台中央《ぶたいちゅうおう》を振《ふ》り返《かえ》ると、犯人扱《はんにんあつか》いされたちなみが風間《かざま》に詰《つ》め寄《よ》っていた。

「風間《かざま》さん！　私《わたし》、何《なに》もしてないですよね!?」

「いや、暗《くら》くて何《なに》があったかは……」

二人《ふたり》のそばにいる如月《きさらぎ》は、険《けわ》しい表情《ひょうじょう》でやりとりを聞《き》いていた。コナンは三人《さんにん》を鋭《するど》い目《め》で見《み》つめた。

（あの人《ひと》が犯人《はんにん》だとしたら……）

と考《かんが》えたコナンは灰原《はいばら》の横《よこ》をすり抜《ぬ》け、舞台袖《ぶたいそで》のドアを開《あ》けた。舞台裏《ぶたいうら》の通路《つうろ》を走《はし》ってホールに出《で》ると、バーカウンターの脇《わき》を通《とお》り抜《ぬ》けてB塔側《ビーとうがわ》の窓《まど》へ駆《か》け寄《よ》る。

窓《まど》の向《む》こうにはB塔《ビーとう》の屋上《おくじょう》、さらにその先《さき》には西多摩市《にしたまし》の夜景《やけい》が広《ひろ》がっていて、コナンは思《おも》わず息《いき》をのんだ。

（そうか……これが動機《どうき》だったんだ!!　だが、そうなるとあの事件《じけん》は……）

犯人《はんにん》とその動機《どうき》がわかったものの、頭《あたま》の中《なか》にはまだひとつ疑問《ぎもん》が残《のこ》っていた。考《かんが》え込《こ》んだコナンは、すぐそばのバーカウンターを何気《なにげ》なく振《ふ》り返《かえ》った。棚《たな》にはたくさんの洋酒《ようしゅ》が並《なら》んでいて、ジンの瓶《びん》もいくつか置《お》かれている。瓶《びん》のラベルを見《み》たコナンはアッと目《め》を見《み》開《ひら》いた。

（なるほど……あれはそういう意味《いみ》だったってわけか……！）

残《のこ》ったひとつの疑問《ぎもん》を解決《かいけつ》して、コナンの頭《あたま》の中《なか》でバラバラだったパズルに最後《さいご》のピースがぴたりとはまった。

（読《よ》めたぜ、何《なに》もかも！　この奇妙《きみょう》な三《みっ》つの事件《じけん》の全貌《ぜんぼう》が……!!）

そのとき、地下四階《ちかよんかい》の電気室《でんきしつ》に仕掛《しか》けられていた爆薬《ばくやく》のデジタルカウンターがゼロになった。三度《さんど》の爆音《ばくおん》が轟《とどろ》き、壁《かべ》が次々《つぎつぎ》と吹《ふ》っ飛《と》んで、爆風《ばくふう》が通路《つうろ》を駆《か》け抜《ぬ》けていく。さらに四十階《よんじっかい》のコンピュータ室《しつ》でも複数《ふくすう》の爆発《ばくはつ》が起《お》きた。すさまじい爆音《ばくおん》と共《とも》に窓《まど》が吹《ふ》き飛《と》び、黒煙《こくえん》とガレキが猛烈《もうれつ》な勢《いきお》いで噴《ふ》き出《だ》す。

「何《なん》だ……!?」

突然《とつぜん》、パーティ会場《かいじょう》が揺《ゆ》れ出《だ》したかと思《おも》うと、照明《しょうめい》が消《き》えた。A塔《エーとう》の灯《あか》りが次々《つぎつぎ》と消《き》えていく。

「何《なに》、この揺《ゆ》れ!?」

「地震《じしん》か？」

会場《かいじょう》はなおも小刻《こきざ》みに揺《ゆ》れ、子《こ》どもたちや客《きゃく》がざわつく。目暮《めぐれ》たちはB塔側《ビーとうがわ》の窓《まど》に歩《あゆ》み寄《よ》り、窓《まど》の外《そと》を見《み》た。

「一体《いったい》、何《なに》が起《お》こっているんだ？」

すると、携帯電話《けいたいでんわ》で中央監視室《ちゅうおうかんししつ》に連絡《れんらく》を取《と》っていた風間《かざま》が「爆発《ばくはつ》!?」と叫《さけ》んだ。一同《いちどう》が驚《おどろ》いて振《ふ》り返《かえ》る。

「場所《ばしょ》は!?」

『地下四階《ちかよんかい》の電気室《でんきしつ》と発電機室《はつでんきしつ》！　それに四十階《よんじっかい》のコンピュータ室《しつ》です！』

「コンピュータ室《しつ》だって!?」

風間《かざま》の言葉《ことば》に、ちなみが「えっ！」と目《め》を見開《みひら》いた。

「風間《かざま》さん！　あそこは〈TOKIWA《トキワ》〉のメインコンピュータがあるんですよ！　重要《じゅうよう》

なデータがみんな消《き》えてしまうわ！」

『四十階《よんじっかい》はビルの裏側《うらがわ》から火災《かさい》も発生《はっせい》しています！　一刻《いっこく》も早《はや》くそこから避難《ひなん》してください！』

「わかりました！」

風間《かざま》は深刻《しんこく》な表情《ひょうじょう》で電話《でんわ》を切《き》ると、目暮《めぐれ》を振《ふ》り返《かえ》った。

「警部《けいぶ》さん、すぐに避難《ひなん》した方《ほう》がいいようです！」

「電気室《でんきしつ》と発電機室《はつでんきしつ》が爆発《ばくはつ》したってことは、非常電源《ひじょうでんげん》もやられてますね」

白鳥《しらとり》の言葉《ことば》に高木《たかぎ》がギョッとし、目暮《めぐれ》は「それじゃあエレベーターもダメですか？」と風間《かざま》にたずねた。

「はい……」

と険《けわ》しい表情《ひょうじょう》でうなずいた風間《かざま》が「いや！」と顔《かお》を上《あ》げる。

「展望《てんぼう》エレベーターは動《うご》くかもしれない！」

「ホントですか!?」

「ＶＩＰ《ビップ》の避難用《ひなんよう》に別電源《べつでんげん》にしてあるんです！」

目暮《めぐれ》たちと共《とも》に展望《てんぼう》エレベーターに向《む》かった風間《かざま》は、扉《とびら》の横《よこ》にある下《した》ボタンを押《お》した。

するとボタンが光《ひか》り、エレベーターの扉《とびら》が開《ひら》いた。真《ま》っ暗《くら》な会場《かいじょう》にエレベーター内部《ないぶ》の灯《あか》りが差《さ》し込《こ》んできて、客《きゃく》たちは「動《うご》くぞ」「よかったぁ」と安堵《あんど》の表情《ひょうじょう》を浮《う》かべた。

「定員《ていいん》は？」

「大人九人《おとなきゅうにん》です」

風間《かざま》が答《こた》えると、白鳥《しらとり》が身《み》を乗《の》り出《だ》した。

「全員《ぜんいん》を運《はこ》ぶには時間《じかん》がかかりすぎます！　他《ほか》に避難方法《ひなんほうほう》は？」

「非常階段《ひじょうかいだん》で六十階《ろくじっかい》まで下《お》りれば、連絡橋《れんらくきょう》を渡《わた》って隣《となり》のB塔《ビーとう》へ行《い》けます！」

「よしっ！　老人《ろうじん》と女性《じょせい》、子《こ》どもは展望《てんぼう》エレベーターで下《お》りてもらおう！　他《ほか》は非常階段《ひじょうかいだん》を使《つか》って避難《ひなん》だ!!」

目暮《めぐれ》の指示《しじ》で、白鳥《しらとり》、高木《たかぎ》、小五郎《こごろう》は客《きゃく》たちに呼《よ》びかけを始《はじ》めた。

ツインタワービルの駐車場《ちゅうしゃじょう》に、サイレンを鳴《な》らした消防車《しょうぼうしゃ》や救急車《きゅうきゅうしゃ》が続々《ぞくぞく》と入《はい》ってきた。

すでに駆《か》けつけていたパトカーの前《まえ》に数台《すうだい》のハシゴ車《しゃ》が配置《はいち》され、駐車場《ちゅうしゃじょう》の隅《すみ》から巨大《きょだい》な投光機《とうこうき》がツインタワービルを照《て》らす。ビル前《まえ》の広場《ひろば》には消防隊員《しょうぼうたいいん》と警察関係者《けいさつかんけいしゃ》が勢《せい》ぞろいしていた。消防隊長《しょうぼうたいちょう》に状況《じょうきょう》をたずねられた消防隊員《しょうぼうたいいん》が、ツインタワービルの見取《みと》り図《ず》を広《ひろ》げる。

「発電機室《はつでんきしつ》が爆発《ばくはつ》でやられ、スプリンクラー等《とう》の初期消火《しょきしょうか》はダメです！」

「防火扉《ぼうかとびら》は？」

「閉《し》まってます！」

消防隊長《しょうぼうたいちょう》はビルを見上《みあ》げ、A塔《エーとう》とB塔《ビーとう》を繋《つな》ぐ連絡橋《れんらくきょう》を指差《ゆびさ》した。

「隣《となり》のB塔《ビーとう》からあの連絡橋《れんらくきょう》へは？」

「直通《ちょくつう》のエレベーターがあります！」

「よしっ！　A班《エーはん》とB班《ビーはん》は電気室《でんきしつ》と発電機室《はつでんきしつ》だ！　C班《シーはん》は私《わたし》と隣《となり》のビルから連絡橋《れんらくきょう》を渡《わた》り、四十階《よんじっかい》まで下《お》りるぞ!!」

消防隊長《しょうぼうたいちょう》の背後《はいご》にいた班長《はんちょう》たちは「はっ!!」と敬礼《けいれい》すると、待機《たいき》する隊員《たいいん》たちに向《む》かって走《はし》り出《だ》した。

目暮《めぐれ》の指示《しじ》によって、老人《ろうじん》と女性《じょせい》、子《こ》どもたちは展望《てんぼう》エレベーターで順番《じゅんばん》に下《お》りていった。上《あ》がってきたエレベーターに、元太《げんた》、光彦《みつひこ》、歩美《あゆみ》、灰原《はいばら》が他《ほか》の客《きゃく》たちと共《とも》に乗《の》り込《こ》む。

「さ、コナン君《くん》」

蘭《らん》はホールに残《のこ》っていたコナンを促《うなが》した。

「蘭姉《らんねえ》ちゃん、先《さき》に乗《の》りなよ」

「いいから」

蘭《らん》に押《お》されたコナンがエレベーターに乗《の》ったとたん、ブーッとブザーが鳴《な》った。

「あら？」

「重量《じゅうりょう》オーバーだよ」

コナンがエレベーターから出《で》ると、歩美《あゆみ》が「コナン君《くん》……」と心配《しんぱい》そうな顔《かお》で見《み》つめる。

「大丈夫《だいじょうぶ》、次《つぎ》ので行《い》くから」

「では行《い》ってください！」

目暮《めぐれ》の指示《しじ》で扉《とびら》が閉《し》まり、エレベーターは再《ふたた》び下《お》りていった。

「それでは、残《のこ》った女性陣《じょせいじん》とコナン君《くん》、如月《きさらぎ》さんは次《つぎ》のエレベーターで下《お》りてください！」

「私《わたし》は階段《かいだん》で下《お》りる」

毅然《きぜん》とした態度《たいど》で拒否《きょひ》された目暮《めぐれ》は「あ、いや、しかし……」と如月《きさらぎ》の手元《てもと》の杖《つえ》を見《み》た。

「私《わたし》を年寄《としよ》り扱《あつか》いするな！」

「ああ、はい、わかりました！　では風間《かざま》さん、お願《ねが》いします」

目暮《めぐれ》がたじろぎながら風間《かざま》に目《め》を向《む》けると、風間《かざま》は懐中電灯《かいちゅうでんとう》をかざして残《のこ》っていた男性《だんせい》客《きゃく》たちに声《こえ》をかけた。

「では皆《みな》さん、私《わたし》が先導《せんどう》します。ついてきてください！」

会場出口《かいじょうでぐち》へ歩《ある》き出《だ》す風間《かざま》に、男性客《だんせいきゃく》と如月《きさらぎ》がついていく。

「白鳥君《しらとりくん》、君《きみ》たちも行《い》ってくれ！　私《わたし》は後《あと》から追《お》う」

「では！」

目暮《めぐれ》に指示《しじ》された白鳥《しらとり》、高木《たかぎ》、千葉《ちば》は風間《かざま》たちの後《あと》を追《お》っていった。

ホールに残《のこ》ったコナンは、そばにいた阿笠博士《あがさはかせ》に「博士《はかせ》」と耳打《みみう》ちをした。

「……よし、わかった」

阿笠博士《あがさはかせ》は体《からだ》を起《お》こすと、「毛利君《もうりくん》」と小五郎《こごろう》に声《こえ》をかけた。

「ワシらも行《い》こう！」

「じゃあ、下《した》でな！」

蘭《らん》が「うん……！」とうなずくと、小五郎《こごろう》と阿笠博士《あがさはかせ》は風間《かざま》たちの後《あと》を追《お》った。

元太《げんた》たちを乗《の》せた展望《てんぼう》エレベーターは動《うご》き出《だ》したかと思《おも》うと、すぐにスピードが落《お》ちて停《と》まった。

「あれぇ？」

階数表示《かいすうひょうじ》を見《み》ると、『66』になっている。扉《とびら》が開《ひら》くと、目《め》の前《まえ》には赤《あか》ん坊《ぼう》を抱《だ》いた女性《じょせい》が立《た》っていた。

「あ、すみません」

エレベーターに乗《の》り込《こ》もうとした女性《じょせい》はすでに満員《まんいん》なのに気《き》づき、後《うし》ろに下《さ》がった。元《げん》太《た》、歩美《あゆみ》と顔《かお》を見合《みあ》わせた光彦《みつひこ》は「どうぞ」とエレベーターを出《で》た。元太《げんた》、歩美《あゆみ》、そして灰原《はいばら》も出《で》てくる。

「あ、でも……」

「平気平気《へいきへいき》！」

「ボクたちは六十階《ろくじっかい》の連絡橋《れんらくきょう》で隣《となり》のビルに避難《ひなん》しますから」

「下《した》で会《あ》おうぜ！」

歩美《あゆみ》は「さ、早《はや》く早《はや》く」と女性《じょせい》を押《お》して、エレベーターに乗《の》せた。

「ありがとう、坊《ぼう》やたち」

エレベーターの扉《とびら》が閉《し》まると、とたんに暗闇《くらやみ》に包《つつ》まれ、子《こ》どもたちは不安《ふあん》そうに周囲《しゅうい》を見回《みまわ》した。

「やだ真《ま》っ暗《くら》……どこがどこだかわかんないよ」

「お、おい、どうすんだ？　腕時計型《うでどけいがた》ライト、さっき預《あず》けちまったぞ」

「だ、大《だい》ピンチじゃないですか！」

すると突然《とつぜん》、オロオロする子《こ》どもたちの前《まえ》で何《なに》かが光《ひか》った。灰原《はいばら》が腕時計型《うでどけいがた》ライトをつけたのだ。

「まったく、降《お》りる前《まえ》にそれぐらい考《かんが》えておきなさいよ」

「そうか！　コナン君《くん》と灰原《はいばら》さんはゲームに参加《さんか》しなかったんですね」

「じゃあ早《はや》く行《い》こ！」

歩美《あゆみ》が喜《よろこ》ぶと、元太《げんた》は「おい待《ま》てよ」と声《こえ》をかけた。

「次《つぎ》のエレベーター待《ま》った方《ほう》がいいんじゃねーのか？」

「バカね、次《つぎ》も満員《まんいん》に決《き》まってるでしょ」

灰原《はいばら》があっさり否定《ひてい》する。

「とにかく、六十階《ろくじっかい》に急《いそ》ぎましょう！」

光彦《みつひこ》が言《い》うと、灰原《はいばら》はライトをかざしながら奥《おく》へと進《すす》み、三人《さんにん》も後《あと》に続《つづ》いた。


消防隊長《しょうぼうたいちょう》は五人《ごにん》の隊員《たいいん》を引《ひ》き連《つ》れてB塔《ビーとう》のエレベーターに乗《の》り込《こ》み、四十五階《よんじゅうごかい》で降《お》りた。そしてライトをかざしながら連絡橋《れんらくきょう》を走《はし》り、A塔《エーとう》へ入《はい》ると真《ま》っ暗《くら》な非常階段《ひじょうかいだん》を駆《か》け下《お》りた。火災《かさい》が発生《はっせい》している四十階《よんじっかい》の扉《とびら》を開《あ》けると、踊《おど》り場《ば》の防火扉《ぼうかとびら》から煙《けむり》が漏《も》れていて、消防隊《しょうぼうたい》長《ちょう》が天井《てんじょう》にライトを向《む》けて確認《かくにん》した。

隊員《たいいん》たちは消火栓《しょうかせん》の扉《とびら》を開《あ》けてホースを取《と》り出《だ》し、送水口《そうすいこう》にホースのねじを差《さ》し込《こ》んで栓《せん》を締《し》める。

「行《い》くぞ！」

消防隊長《しょうぼうたいちょう》は掛《か》け声《ごえ》と同時《どうじ》に防火扉《ぼうかとびら》を開《あ》けて廊下《ろうか》へ飛《と》び込《こ》んだ。とたんに猛烈《もうれつ》な炎《ほのお》が襲《おそ》いかかり、隊員《たいいん》らは一斉《いっせい》に放水《ほうすい》を始《はじ》めた。


七十五階《ななじゅうごかい》のパーティ会場《かいじょう》では、コナン、蘭《らん》、園子《そのこ》、ちなみ、目暮《めぐれ》、そして五人《ごにん》の女性客《じょせいきゃく》がエレベーターを待《ま》っていた。

一番後《いちばんうし》ろにいる蘭《らん》の横《よこ》に立《た》っていたコナンは、爆破事件《ばくはじけん》について推理《すいり》を巡《めぐ》らせた。

（この爆破《ばくは》の規模《きぼ》と周到《しゅうとう》な計画性《けいかくせい》……まさか爆弾《ばくだん》を仕掛《しか》けたのは黒《くろ》ずくめの男《おとこ》たちなんじゃ……。だとしたら、コンピュータ室《しつ》を爆破《ばくは》した理由《りゆう》もだいたい想像《そうぞう》できるけど、なぜ電《でん》気室《きしつ》まで……）

すると、ポンという音《おと》と共《とも》にエレベーターの扉《とびら》が開《ひら》いた。

「さあ乗《の》ってください！」

懐中電灯《かいちゅうでんとう》を持《も》った目暮《めぐれ》がエレベーターに手《て》を向《む》けると、女性客《じょせいきゃく》たちは順番《じゅんばん》に乗《の》り込《こ》んでいった。蘭《らん》と園子《そのこ》、コナンも後《あと》に続《つづ》く。

「ちなみさんも、詳《くわ》しい話《はなし》は後《あと》で」

「わかりました……」

ちなみが乗《の》り込《こ》むと扉《とびら》が閉《し》まり、目暮《めぐれ》は会場内《かいじょうない》を懐中電灯《かいちゅうでんとう》で照《て》らした。残《のこ》っている者《もの》がいないかどうか確認《かくにん》しながら歩《ある》いていくと、やがて非常階段《ひじょうかいだん》の方《ほう》へと駆《か》け出《だ》した。


エレベーターが下降《かこう》し始《はじ》めると、女性客《じょせいきゃく》たちの表情《ひょうじょう》が心《こころ》なしか少《すこ》しやわらぎ、蘭《らん》と園子《そのこ》もホッとした顔《かお》で目《め》の前《まえ》に広《ひろ》がる夜景《やけい》を見《み》ていた。

コナンだけが一人《ひとり》、険《けわ》しい表情《ひょうじょう》をしていた。電気室《でんきしつ》が爆破《ばくは》された理由《りゆう》を考《かんが》えていたのだ。

(スプリンクラーを作動《さどう》させないためか？　それとも他《ほか》に目的《もくてき》が……)

すると、園子《そのこ》が「でも」と口《くち》を開《ひら》いた。

「このエレベーターだけ別電源《べつでんげん》でよかったよね。そうじゃなきゃ、階段《かいだん》で下《お》りるんじゃ大変《たいへん》だよ！」

コナンは蘭《らん》と話《はな》している園子《そのこ》を何気《なにげ》なく見上《みあ》げた。ウェーブをかけた園子《そのこ》が、また〈宮野志保《みやのしほ》〉とオーバーラップする――。

その瞬間《しゅんかん》、コナンの脳裏《のうり》に閃光《せんこう》がほとばしった。

(ま、まさかっ……!?)

ガラス窓《まど》の方《ほう》を振《ふ》り返《かえ》ったコナンは、前方《ぜんぽう》を見《み》た。正面《しょうめん》には四十階《よんじっかい》ほどの高層《こうそう》ビルが建《た》っていて、コナンは慌《あわ》てて犯人追跡《はんにんついせき》メガネの右側《みぎがわ》のつるのスイッチを押《お》した。そしてメガネをズームアップして高層《こうそう》ビルの屋上《おくじょう》を見《み》る。

すると、屋上《おくじょう》に誰《だれ》かが立《た》っているのが見《み》えた。黒《くろ》の帽子《ぼうし》に黒《くろ》のコートをはおった人物《じんぶつ》が、その長《なが》い銀髪《ぎんぱつ》をなびかせながらライフルを構《かま》えている。

(ジン——!!)

コナンは園子《そのこ》を振《ふ》り返《かえ》った。すると、レーザーポイントの赤《あか》い点《てん》が園子《そのこ》の首筋《くびすじ》から頭《あたま》へと移動《いどう》している——!

高層《こうそう》ビルの屋上《おくじょう》からライフルのスコープをのぞいていたジンは、展望《てんぼう》エレベーターの園《その》子《こ》に狙《ねら》いを定《さだ》めて、ニヤリと笑《え》みを浮《う》かべた。

「眠《ねむ》れ、シェリー……永遠《えいえん》にな!」

ジンの指先《ゆびさき》がすばやく引《ひ》き金《がね》を引《ひ》いた。

閃光《せんこう》と共《とも》に銃口《じゅうこう》から飛《と》び出《だ》した弾丸《だんがん》が、展望《てんぼう》エレベーターへとまっすぐ突《つ》き進《すす》む——！

「園子姉《そのこねえ》ちゃん、パンツ丸見《まるみ》え!!」

コナンの叫《さけ》びに、園子《そのこ》が「えっ!?」と自分《じぶん》のミニスカートをのぞき込《こ》んだ。と同時《どうじ》に弾丸《だん》がガラスをビシッと突《つ》き破《やぶ》り、園子《そのこ》の頭上《ずじょう》をかすめて背後《はいご》の非常停止《ひじょうていし》ボタンを破壊《はかい》した。

エレベーターがスピードを落《お》とし、やがて四十四階《よんじゅうよんかい》で停《と》まった。蘭《らん》たちが「あっ……」と天井《てんじょう》を見上《みあ》げる。

「えっ!?　なになに？　何《なん》で停《と》まるのォ!?」

パニックになった園子《そのこ》は、髪《かみ》を振《ふ》り乱《みだ》しながらギャーギャー騒《さわ》ぎ始《はじ》めた。

ライフルのスコープで展望《てんぼう》エレベーターをのぞいていたジンは、半《はん》べそをかきながら天《てん》に祈《いの》りを捧《ささ》げている園子《そのこ》を見《み》て、眉《まゆ》をひそめた。

パニックに陥《おちい》っている姿《すがた》は、クールな宮野志保《みやのしほ》とは程遠《ほどとお》い——。

「まさか……別人《べつじん》か……？」

園子《そのこ》の頭《あたま》からレーザーポイントの赤《あか》い点《てん》が消《き》えていて、コナンはホッと表情《ひょうじょう》を緩《ゆる》めた。

そして窓《まど》の外《そと》を振《ふ》り返《かえ》る。

（人違《ひとちが》いに気《き》づいたか……？）

8

四十階《よんじっかい》のコンピュータ室《しつ》はすでに煙《けむり》と炎《ほのお》に包《つつ》まれ、熱《ねっ》で窓《まど》が一気《いっき》に割《わ》れて炎《ほのお》が勢《いきお》いよく噴《ふ》き出《だ》した。吐《は》き出《だ》された黒煙《こくえん》が四十四階《よんじゅうよんかい》で停《と》まっている展望《てんぼう》エレベーターに迫《せま》ってきて、女性客《じょせいきゃく》たちはパニックになって悲鳴《ひめい》を上《あ》げた。ちなみが一階《いっかい》のボタンを懸命《けんめい》に押《お》す。

「ダメだわ！　動《うご》かない!!」

ガラス窓《まど》の外《そと》にはすでに黒煙《こくえん》がもうもうと上《のぼ》ってきていて、コナンはここにいるのは危《き》険《けん》だと判断《はんだん》した。

「蘭姉《らんねえ》ちゃん、肩車《かたぐるま》してっ！」

「えっ？　う、うん！」

蘭《らん》の肩《かた》に乗《の》ったコナンは天井《てんじょう》の取《と》っ手《て》に飛《と》びつき、非常口《ひじょうぐち》のフタを足《あし》で蹴《け》り上《あ》げた。そして天井裏《てんじょううら》に上《あ》がって腕時計型《うでどけいがた》ライトを照《て》らすと、四十五階《よんじゅうごかい》の扉《とびら》を見《み》て壁《かべ》をよじ登《のぼ》り始《はじ》めた。続《つづ》いて天井裏《てんじょううら》に登《のぼ》ってきた蘭《らん》がエレベーターの中《なか》へ手《て》を伸《の》ばし、園子《そのこ》を引《ひ》き上《あ》げる。

コナンは扉《とびら》の隙間《すきま》に指《ゆび》を差《さ》し込《こ》み、力《ちから》を込《こ》めて両側《りょうがわ》に引《ひ》っ張《ぱ》った。しかし、扉《とびら》はビクともしない。

「コナン君《くん》！　まかせて!!」

扉《とびら》の前《まえ》に立《た》った蘭《らん》は隙間《すきま》に指《ゆび》を入《い》れ、力《ちから》を入《い》れた。

「頑張《がんば》って蘭姉《らんねえ》ちゃん！」

「お願《ねが》い！」

コナンと園子《そのこ》が見守《みまも》る中《なか》、蘭《らん》はありったけの力《ちから》を込《こ》めて扉《とびら》を両側《りょうがわ》に引《ひ》っ張《ぱ》った。すると、ギギギ……と扉《とびら》が少《すこ》しずつ開《ひら》き始《はじ》め、蘭《らん》はさらに力《ちから》を振《ふ》り絞《しぼ》った。

「うう……あぁ――ッ!!」

声《こえ》を張《は》り上《あ》げたと同時《どうじ》に扉《とびら》が大《おお》きく開《ひら》き、園子《そのこ》は「スゴーイ蘭《らん》！」と胸《むね》の前《まえ》で両手《りょうて》を合《あ》わせた。非常口《ひじょうぐち》から上《あ》がってきた女性客《じょせいきゃく》たちも、わぁっと顔《かお》をほころばせる。コナンと蘭《らん》は開《ひら》いた扉《とびら》からエレベーターホールに上《あ》がり、女性客《じょせいきゃく》たちに手《て》を差《さ》し伸《の》べた。

火《ひ》の海《うみ》と化《か》した四十階《よんじっかい》のコンピュータ室《しつ》の天井《てんじょう》がけたたましく崩《くず》れ落《お》ちた。さらに壁《かべ》が崩《くず》れ、一般《いっぱん》エレベーターの昇降路《しょうこうろ》に押《お》し寄《よ》せた炎《ほのお》が一気《いっき》に上昇《じょうしょう》し、停《と》まっていたエレベーターを包《つつ》み込《こ》む。やがて煙《けむり》が流《なが》れ込《こ》んでいた四十五階《よんじゅうごかい》の一般《いっぱん》エレベーターホールに侵入《しんにゅう》すると、煙《けむり》に沿《そ》って広《ひろ》がった炎《ほのお》は渦《うず》を巻《ま》きながら廊下《ろうか》を駆《か》け抜《ぬ》けていった。

展望《てんぼう》エレベーターホールに引《ひ》き上《あ》げられた園子《そのこ》は、真《ま》っ暗《くら》な廊下《ろうか》を不安《ふあん》そうに見回《みまわ》した。

「何階《なんかい》かしら、ここ？」

「四十五階《よんじゅうごかい》だよ」

コナンが答《こた》えると、ちなみと一緒《いっしょ》に女性客《じょせいきゃく》を引《ひ》っ張《ぱ》り上《あ》げていた蘭《らん》が「連絡橋《れんらくきょう》がある階《かい》ね！」と頬《ほお》を緩《ゆる》める。最後《さいご》に引《ひ》っ張《ぱ》り上《あ》げられた女性客《じょせいきゃく》は、何気《なにげ》なく後方《こうほう》を振《ふ》り返《かえ》った。

「大変《たいへん》！　煙《けむり》が……!!」

皆《みな》が一斉《いっせい》に振《ふ》り返《かえ》ると、廊下《ろうか》の奥《おく》から黒《くろ》い煙《けむり》が天井《てんじょう》をはってこっちへ流《なが》れてくる──！

「橋《はし》を渡《わた》って隣《となり》のビルへ逃《に》げよう!!」

コナンは腕時計型《うでどけいがた》ライトで床《ゆか》を照《て》らしながら煙《けむり》と反対《はんたい》の方向《ほうこう》へ駆《か》け出《だ》した。

高層《こうそう》ビルの屋上《おくじょう》にいたジンはライフルを壁《かべ》に立《た》てかけると、双眼鏡《そうがんきょう》を取《と》り出《だ》して、ツインタワービルのA塔《エーとう》をのぞいた。四十五階《よんじゅうごかい》の窓《まど》から、廊下《ろうか》を走《はし》る女性客《じょせいきゃく》たちの姿《すがた》が見《み》える。

ジンはたばこをふかしながら、ウォッカの携帯《けいたい》に電話《でんわ》をかけた。

「俺《おれ》だ。そっちはどうだ？」

B塔六十階《ビーとうろくじっかい》にある小《ちい》さな部屋《へや》に隠《かく》れていたウォッカは、ドアの隙間《すきま》から連絡橋《れんらくきょう》ホールをのぞいていた。必死《ひっし》の形相《ぎょうそう》でB塔《ビーとう》へ駆《か》け込《こ》んでくる男性客《だんせいきゃく》たちの後《あと》には千葉《ちば》、小五郎《こごろう》、高木《たかぎ》、白鳥《しらとり》が続《つづ》き、最後《さいご》に目暮《めぐれ》が走《はし》ってくる。

『いや……渡《わた》ってくるのは男《おとこ》たちだけですぜ！』

ジンはフンと鼻《はな》を鳴《な》らすと、不愉快《ふゆかい》そうにA塔《エーとう》を見《み》つめた。

「俺《おれ》たちの狙《ねら》いに気《き》づいて上《うえ》に残《のこ》ったんだろうが……逃《に》がしはしねえ！　橋《はし》を落《お》とせ……!!」

A塔六十六階《エーとうろくじゅうろっかい》でエレベーターを降《お》りた灰原《はいばら》たちは、非常階段《ひじょうかいだん》を下《お》りて連絡橋《れんらくきょう》のある六十階《ろくじっかい》に向《む》かった。すると、先頭《せんとう》を走《はし》っている灰原《はいばら》の腕時計型《うでどけいがた》ライトがチカチカと点滅《てんめつ》し始《はじ》めた。

「電池《でんち》が切《き》れかけてるわ！　急《いそ》いで!!」

非常口《ひじょうぐち》のドアを勢《いきお》いよく開《あ》けた灰原《はいばら》は、六十階《ろくじっかい》の廊下《ろうか》を走《はし》った。歩美《あゆみ》、光彦《みつひこ》、元太《げんた》も後《あと》に続《つづ》く。

「あっ！　連絡橋《れんらくきょう》です!!」

廊下《ろうか》の窓《まど》から連絡橋《れんらくきょう》が見《み》えてきて、光彦《みつひこ》はホッと顔《かお》を緩《ゆる》ませた。

この連絡橋《れんらくきょう》でB塔《ビーとう》に渡《わた》れば、助《たす》かる――！

子《こ》どもたちが連絡橋《れんらくきょう》の前《まえ》に出《で》たと同時《どうじ》に、ウォッカは手元《てもと》の爆破《ばくは》スイッチを押《お》した。

ドオォン！　と爆音《ばくおん》が轟《とどろ》いて連絡橋《れんらくきょう》のB塔側《ビーとうがわ》のたもとが吹《ふ》っ飛《と》び、猛烈《もうれつ》な爆風《ばくふう》が押《お》し寄《よ》せた。子《こ》どもたちがとっさに柱《はしら》の陰《かげ》に隠《かく》れると、さらにA塔側《エーとうがわ》のたもとが爆発《ばくはつ》して、両《りょう》脇《わき》を破壊《はかい》された連絡橋《れんらくきょう》が煙《けむり》を巻《ま》き上《あ》げながら落《お》ちていった。

コナンたちがA塔四十五階《エーとうよんじゅうごかい》にある連絡橋《れんらくきょう》にたどり着《つ》くと、ちなみは女性客《じょせいきゃく》を誘導《ゆうどう》した。

「皆《みな》さん、ここを渡《わた》れば隣《となり》のビルですよ！」

女性客《じょせいきゃく》たちがB塔《ビーとう》に向《む》かって駆《か》け出《だ》し、続《つづ》いてちなみと園子《そのこ》、蘭《らん》とコナンが走《はし》っていく。

そのとき――頭上《ずじょう》から爆音《ばくおん》が轟《とどろ》いて、コナンはハッと顔《かお》を上《あ》げた。

破壊《はかい》された六十階《ろくじっかい》の連絡橋《れんらくきょう》がまっすぐ落下《らっか》してくる――!!

「危《あぶ》ない！　コナン君《くん》!!」

蘭《らん》はとっさにコナンを抱《だ》きかかえてA塔《エーとう》に飛《と》び込《こ》んだ。

六十階《ろくじっかい》の連絡橋《れんらくきょう》が四十五階《よんじゅうごかい》の連絡橋《れんらくきょう》のA塔側《エーとうがわ》に突《つ》っ込《こ》むように落《お》ちて、四十五階《よんじゅうごかい》の連絡《れんらく》橋《きょう》を押《お》し下《さ》げた。連絡橋《れんらくきょう》の天井《てんじょう》が崩《くず》れてきて、園子《そのこ》やちなみたちが悲鳴《ひめい》を上《あ》げながらB塔《ビーとう》へ逃《に》げていく。

園子《そのこ》たちが渡《わた》り終《お》えると同時《どうじ》に四十五階《よんじゅうごかい》の連絡橋《れんらくきょう》が崩《くず》れ、グシャリとひん曲《ま》がった二《ふた》つの連絡橋《れんらくきょう》は重《かさ》なるように落下《らっか》した。低層階《ていそうかい》で両塔《りょうとう》を繋《つな》ぐデッキに激突《げきとつ》して、猛烈《もうれつ》な煙《けむり》と破《は》片《へん》が舞《ま》い上《あ》がる――。

轟音《ごうおん》が鳴《な》り響《ひび》き、B塔《ビーとう》から出《で》てきた小五郎《こごろう》は「どうしたんです!?」と先《さき》に下《お》りていた阿《あ》笠博士《がさはかせ》に駆《か》け寄《よ》った。

「連絡橋《れんらくきょう》が落《お》ちたんじゃ！」

すぐそばにいた白鳥《しらとり》が「毛利《もうり》さん！」とA塔《エーとう》を指《さ》す。

「展望《てんぼう》エレベーターが停《と》まっています‼」

「何《なに》っ⁉」

小五郎《こごろう》が振《ふ》り返《かえ》ると、展望《てんぼう》エレベーターが四十四階《よんじゅうよんかい》で停《と》まっているのが見《み》えた。火災元《かさいもと》の四十階《よんじっかい》からは黒煙《こくえん》がもうもうと上《あ》がり、燃《も》え広《ひろ》がった炎《ほのお》はすでに四十四階辺《よんじゅうよんかいあた》りまで到達《とうたつ》して窓《まど》が真《ま》っ赤《か》に染《そ》まっている。

「蘭《らん》……！」

小五郎《こごろう》は目《め》を疑《うたが》った。

まさか、蘭《らん》たちはあそこに取《と》り残《のこ》されたままなのか……⁉

連絡橋《れんらくきょう》が崩《くず》れる直前《ちょくぜん》に渡《わた》り切《き》った園子《そのこ》は、連絡橋《れんらくきょう》ホールの柱《はしら》にもたれながらハア、ハァと荒《あら》い息《いき》を繰《く》り返《かえ》した。

あと一歩《いっぽ》遅《おそ》かったら、連絡橋《れんらくきょう》と共《とも》に落《お》ちてしまうところだった……！

ホッと息《いき》をついた園子《そのこ》は、ふと蘭《らん》のことを思《おも》い出《だ》した。慌《あわ》てて崩《くず》れ落《お》ちた連絡橋《れんらくきょう》の前《まえ》に立《た》ち、A塔《エーとう》を見《み》る。

「蘭《らん》ー！　無事《ぶじ》ーっ!?」

ひん曲《ま》がった無数《むすう》の鉄骨《てっこつ》がむき出《だ》しになったA塔《エーとう》の連絡橋《れんらくきょう》ホールに向《む》かって、園子《そのこ》は大《おお》きく手《て》を振《ふ》った。


「大丈夫《だいじょうぶ》よーっ!!」

A塔《エーとう》の連絡橋《れんらくきょう》ホールに座《すわ》り込《こ》んでいた蘭《らん》は、園子《そのこ》に手《て》を振《ふ》り返《かえ》すと立《た》ち上《あ》がった。

「どうしよう、コナン君《くん》……」

先《さき》に起《お》き上《あ》がって周囲《しゅうい》をチェックしていたコナンは「まずい……」と険《けわ》しい表情《ひょうじょう》をした。

「退路《たいろ》を絶《た》たれた……！」

「え……!?」

「防火扉《ぼうかとびら》の奥《おく》は煙《けむり》でいっぱいだよ！」

蘭《らん》は驚《おどろ》いて廊下《ろうか》の先《さき》を見《み》た。すると、閉《と》じられた防火扉《ぼうかとびら》から漏《も》れた黒煙《こくえん》が徐々《じょじょ》に広《ひろ》がっている。さらに、自分《じぶん》たちが走《はし》ってきた方《ほう》からも炎《ほのお》と煙《けむり》が押《お》し寄《よ》せてきている……！

「そ、そんな……」

蘭《らん》は青《あお》ざめながら迫《せま》りくる炎《ほのお》と煙《けむり》を見《み》つめた。

A塔六十階《エーとうろくじっかい》の連絡橋《れんらくきょう》ホールでは、灰原《はいばら》と子《こ》どもたちが呆然《ぼうぜん》と立《た》ちつくしていた。A塔《エーとう》とB塔《ビーとう》を繋《つな》ぐ連絡橋《れんらくきょう》は完全《かんぜん》に崩《くず》れ落《お》ちて、A塔《エーとう》に取《と》り残《のこ》されてしまった……。

「どうしましょう……」

光彦《みつひこ》が深刻《しんこく》な表情《ひょうじょう》でつぶやくと、灰原《はいばら》が持《も》っていた腕時計型《うでどけいがた》ライトが消《き》えた。

「バッテリー切《ぎ》れね、下手《へた》に動《うご》くのは危険《きけん》だわ。ここで助《たす》けを待《ま》ちましょう」

灰原《はいばら》はそう言《い》うと、ホールにあったソファに移動《いどう》して座《すわ》った。

退路《たいろ》を絶《た》たれたコナンと蘭《らん》が何《なに》もできずに連絡橋《れんらくきょう》ホールで立《た》っていると、徐々《じょじょ》に煙《けむり》が流《なが》れてきて、コナンはゴホゴホと咳《せ》き込《こ》んだ。

「大丈夫《だいじょうぶ》？　コナン君《くん》」

「うん……」

しゃがみ込《こ》んでコナンの肩《かた》に手《て》をかけた蘭《らん》は、廊下《ろうか》の先《さき》を見《み》た。蔓延《まんえん》する煙《けむり》の中《なか》、炎《ほのお》はじわじわと着実《ちゃくじつ》に迫《せま》ってきている。このままじゃあ、このホールもすぐに炎《ほのお》に包《つつ》まれてしまう――。

蘭《らん》は立《た》ち上《あ》がり、近《ちか》くにあった消火栓《しょうかせん》の扉《とびら》を開《あ》けた。そして中《なか》に備《そな》えられた消防《しょうぼう》ホースを抱《かか》えて連絡橋《れんらくきょう》の方《ほう》へ向《む》かい、折《お》れて突《つ》き出《で》ている鉄骨《てっこつ》にホースを巻《ま》いてギュッと引《ひ》っ張《ぱ》った。

「蘭姉《らんねえ》ちゃん、まさか……」

「映画《えいが》みたいにうまくいくかどうかわかんないけど」

蘭《らん》はコナンの体《からだ》にホースをかけると、コナンを抱《だ》きかかえた。自分《じぶん》とコナンの体《からだ》にホースを何重《なんじゅう》にも巻《ま》き付《つ》け、固《かた》く締《し》める。

「しっかりつかまってるのよ、コナン君《くん》！」

コナンを抱《かか》えた蘭《らん》は縛《しば》ったホースを肩《かた》にかけ、破壊《はかい》された連絡橋《れんらくきょう》へ向《む》かって歩《ある》き出《だ》した。

「あっ！　蘭《らん》さんです!!」

A塔四十四階《エーとうよんじゅうよんかい》で停《と》まった展望《てんぼう》エレベーターを地上《ちじょう》から双眼鏡《そうがんきょう》で見《み》ていた白鳥《しらとり》は、連絡橋《れんらくきょう》ホールに立《た》つ蘭《らん》の姿《すがた》を見《み》つけて思《おも》わず叫《さけ》んだ。

「何《なに》っ⁉　貸《か》せ!!」

小五郎《こごろう》が白鳥《しらとり》から双眼鏡《そうがんきょう》をむしり取《と》ってのぞくと――コナンを抱《かか》えて消防《しょうぼう》ホースを体《からだ》に巻《ま》き付《つ》けた蘭《らん》が、崩《くず》れ落《お》ちた連絡橋《れんらくきょう》の前《まえ》に立《た》っている。

「な、何《なに》をする気《き》なんだ、アイツ⁉」

蘭《らん》に抱《だ》きかかえられたコナンは、足元《あしもと》を見《み》た。無残《むざん》に折《お》れ曲《ま》がった巨大《きょだい》な鉄骨《てっこつ》の下《した》には、吸《す》い込《こ》まれそうな闇《やみ》が広《ひろ》がり、その先《さき》にパトカーや消防車《しょうぼうしゃ》の赤《あか》い小《ちい》さな光《ひかり》の群《む》れが見《み》える。連絡橋《れんらくきょう》ホールはすでに煙《けむり》が充満《じゅうまん》し、炎《ほのお》はコナンたちのすぐ後《うし》ろにまで迫《せま》っていた。

「……蘭姉《らんねえ》ちゃん、怖《こわ》くないの？」

コナンがたずねると、じっと前《まえ》を見《み》つめていた蘭《らん》が「怖《こわ》いよ」とうつむいて目《め》を閉《と》じた。

「でも、コナン君《くん》が一緒《いっしょ》だし、新一《しんいち》が待《ま》っててって言《い》ったから……」

「え……」

思《おも》いがけない言葉《ことば》に、コナンは目《め》を見張《みは》った。

「……生《い》きて新一《しんいち》を待《ま》ってなくちゃいけないから……」

そう言《い》って目《め》を開《あ》けた蘭《らん》が寂《さび》しげに微笑《ほほえ》む。

こんな命《いのち》に危険《きけん》が迫《せま》っているときも、蘭《らん》はオレのことを……。そう思《おも》ったとたん、コナンの胸《むね》がじんわりと熱《あつ》くなった。

自分《じぶん》も蘭《らん》と同《おな》じ気持《きも》ちだった。〈江戸川《えどがわ》コナン〉としてではなく、〈工藤新一《くどうしんいち》〉として蘭《らん》に会《あ》うまでは、決《けっ》して死《し》ぬわけにはいかない——!

「コナン君《くん》……わたし……」

蘭《らん》が不安《ふあん》そうに見《み》つめると、コナンは優《やさ》しく微笑《ほほえ》んだ。

「大丈夫《だいじょうぶ》だよ、蘭姉《らんねえ》ちゃん」

(オメーの気持《きも》ちは、痛《い》てぇほどわかってるからよ……!)

勇気《ゆうき》づけるコナンの顔《かお》が一瞬《いっしゅん》、新一《しんいち》と重《かさ》なって見《み》えて、蘭《らん》の心《こころ》から迷《まよ》いが消《き》えた。はるか遠《とお》くに見《み》える地上《ちじょう》をにらむように見据《みす》える。

背後《はいご》に迫《せま》った炎《ほのお》が蘭《らん》たちを飲《の》み込《こ》もうと大《おお》きくふくれ上《あ》がった瞬間《しゅんかん》——蘭《らん》は体《からだ》を前《まえ》へ沈《しず》み込《こ》ませて連絡橋《れんらくきょう》からダイブした。

「ハアアァ——ッ!!」

飛《と》び下《お》りた二人《ふたり》はものすごいスピードで落下《らっか》し、二人《ふたり》の体《からだ》に巻《ま》かれたホースも猛烈《もうれつ》な勢《いきお》いで下《お》りていった。やがてホースに引《ひ》っ張《ぱ》られて降下《こうか》が止《と》まると、蘭《らん》はそのまま振《ふ》り子《こ》のようにA塔《エーとう》の窓《まど》に向《む》かった。そして窓《まど》ガラスに飛《と》び込《こ》もうとヒジ打《う》ちを食《く》らわす。しかし窓《まど》ガラスはヒビが入《はい》っただけで割《わ》れず、蘭《らん》は後方《こうほう》へはじかれた。

ビルの谷間《たにま》に宙吊《ちゅうづ》りになった二人《ふたり》は、頭上《ずじょう》を見《み》た。A塔四十五階《エーとうよんじゅうごかい》の連絡橋《れんらくきょう》ホールはすでに炎《ほのお》に包《つつ》まれ、鉄材《てつざい》にしばってあるホースにも火《ひ》がつき始《はじ》めている。

「ヤベッ！　ホースに火《ひ》が!!」

このままじゃあ、ホースが焼《や》き切《き》れて落《お》ちてしまう——！

意《い》を決《けっ》した蘭《らん》は、反動《はんどう》をつけて後方《こうほう》へ体《からだ》を振《ふ》り、再《ふたた》び窓《まど》に向《む》かった。そして足《あし》で窓《まど》を思《おも》い切《き》り蹴《け》って振《ふ》り子《こ》のように大《おお》きく後退《こうたい》する。

「ハアァァ――ッ!!」

ホースが焼《や》き切れたと同時《どうじ》に蘭《らん》の足《あし》が窓《まど》を破《やぶ》り、二人《ふたり》はA塔《エーとう》の下《した》の階《かい》に飛《と》び込《こ》んだ。燃《も》えたホースがビルの谷間《たにま》を落《お》ちていく――。

「大丈夫《だいじょうぶ》!? コナン君《くん》」

「う、うん」

床《ゆか》に落《お》ち、たおれたコナンは体《からだ》を起《お》こすと、蘭《らん》を見《み》てニッコリと微笑《ほほえ》んだ。

「やっぱスゲーや、蘭姉《らんねえ》ちゃん!」

無邪気《むじゃき》に笑《わら》うコナンを見《み》て、蘭《らん》もホッと息《いき》をついて頬《ほお》を緩《ゆる》めた。

蘭《らん》とコナンが階段《かいだん》で下《お》りてA塔《エーとう》の玄関《げんかん》ホールから出《で》てくると、すでに地上《ちじょう》に下《お》りていた園子《そのこ》が「蘭《らん》――!」と駆《か》け寄《よ》ってきた。

「良《よ》かったぁ、無事《ぶじ》で!!」

と抱《だ》きつく園子《そのこ》の背後《はいご》には、小五郎《こごろう》、阿笠博士《あがさはかせ》、目暮《めぐれ》の姿《すがた》もあった。

「つたく、無茶《むちゃ》しやがって……」

小五郎《こごろう》はあきれた顔《かお》をしたが、心底《しんそこ》では誰《だれ》よりも二人《ふたり》の無事《ぶじ》を喜《よろこ》んでいるようだった。

するとそのとき、A《エー》塔《とう》四十五階《よんじゅうごかい》の窓《まど》ガラスが割《わ》れて炎《ほのお》が噴《ふ》き出《だ》した。ガラスの破片《はへん》やがれきが落《お》ちてきて、小五郎《こごろう》たちは「うわあ！　危《あぶ》ねえ!!」と避難《ひなん》した。

消防隊員《しょうぼうたいいん》たちのところまで逃《に》げてきた園子《そのこ》が「見《み》て！　展望《てんぼう》エレベーターが!!」と四十四階《よんじゅうよんかい》で停《と》まっている展望《てんぼう》エレベーターを指差《ゆびさ》した。炎《ほのお》に包《つつ》まれた展望《てんぼう》エレベーターは、吹《ふ》き飛《と》んだ窓《まど》から黒煙《こくえん》を噴《ふ》き出《だ》している。

避難《ひなん》した客《きゃく》たちが呆然《ぼうぜん》と見上《みあ》げる中《なか》、コナンはある人物《じんぶつ》がいないことに気《き》づいた。

「博士《はかせ》！　あの人《ひと》はどこだ!?」

コナンがたずねると、阿笠博士《あがさはかせ》は「すまん、途中《とちゅう》で見失《みうしな》ってしまった」と答《こた》えた。そして、心配《しんぱい》そうに周囲《しゅうい》をキョロキョロと見回《みまわ》す。

「それと子《こ》どもたちの姿《すがた》も見《み》えないんじゃ」

「何《なに》っ!?」

コナンはすぐにポケットから探偵《たんてい》バッジを取《と》り出《だ》し、アンテナを伸《の》ばして呼《よ》びかけた。

「歩美《あゆみ》！　元太《げんた》！　光彦《みつひこ》！　聞《き》こえるか!?」

『聞《き》こえるよ、コナン君《くん》！』

「オメーら、今《いま》どこにいるんだ⁉」

『それが……六十階《ろくじっかい》の連絡橋《れんらくきょう》の前《まえ》なんです』

光彦《みつひこ》の言葉《ことば》に、阿笠博士《あがさはかせ》や目暮《めぐれ》たちが「ええっ⁉」と驚《おどろ》く。コナンは慌《あわ》てて振《ふ》り返《かえ》り、A塔《エーとう》を見上《みあ》げた。爆発《ばくはつ》が起《お》きた四十階《よんじっかい》から炎《ほのお》はすごい勢《いきお》いで燃《も》え広《ひろ》がり、すでに五十階近《ごじっかいちか》くまで到達《とうたつ》している。

(あんなところにいるのか……⁉)

「高木君《たかぎくん》！　救助《きゅうじょ》ヘリを呼《よ》ぶんだ！」

「は、はい！」

目暮《めぐれ》に緊急指示《きんきゅうしじ》された高木《たかぎ》は、慌《あわ》てて携帯電話《けいたいでんわ》を取《と》り出《だ》した。

「オメーら、そこを動《うご》くんじゃねーぞ‼」

コナンは子《こ》どもたちに指示《しじ》すると、小五郎《こごろう》から車《くるま》のキーを借《か》りて駐車場《ちゅうしゃじょう》に向《む》かった。車《くるま》のシートに置《お》いてあったスケボーを取《と》り、B塔《ビーとう》に入《はい》ってエレベーターに乗《の》る。

六十階《ろくじっかい》のエレベーターホールは、爆発《ばくはつ》で飛《と》んできた椅子《いす》や備品《びひん》が散乱《さんらん》していた。亀裂《きれつ》があちこちに入《はい》った廊下《ろうか》を走《はし》って連絡橋《れんらくきょう》ホールに向《む》かうと、二人《ふたり》の消防隊員《しょうぼうたいいん》が立《た》っていた。

「おじさん！　ライト借《か》りるよ！」

コナンは消防隊員《しょうぼうたいいん》の手《て》からライトを取《と》ると、床《ゆか》に放《ほう》り投《な》げたスケボーに飛《と》び乗《の》って左足《ひだりあし》でターボエンジンのスイッチを押《お》した。

キーンと鋭《するど》いエンジン音《おん》を上《あ》げると共《とも》に、スケボーの周《まわ》りの空気《くうき》が大《おお》きく渦《うず》を巻《ま》く。

「な、何《なん》だ⁉」

消防隊員《しょうぼうたいいん》が驚《おどろ》いて身《み》を引《ひ》いたと同時《どうじ》に、スケボーは爆煙《ばくえん》を上《あ》げて急発進《きゅうはっしん》した。猛《もう》スピードでホールを駆《か》け抜《ぬ》け、連絡橋《れんらくきょう》に突《つ》き進《すす》む――！

中央《ちゅうおう》が崩《くず》れ落《お》ちた連絡橋《れんらくきょう》の先《さき》で大《おお》きくジャンプしたコナンはビルの谷間《たにま》を越《こ》え、A塔《エーとう》から延《の》びた橋《はし》の残骸《ざんがい》に着地《ちゃくち》した。が、バランスを崩《くず》してスケボーから放《ほう》り出《だ》され、連絡橋《れんらくきょう》の上《うえ》を転《ころ》がっていく。

「イッテー！」

連絡橋《れんらくきょう》ホールに転《ころ》がってきたコナンが痛《いた》そうに起《お》き上《あ》がると、子《こ》どもたちは感嘆《かんたん》の声《こえ》を上《あ》げた。

「スゲーな、おまえ!!」

「カッコイイ〜っ!!」

「正《まさ》に救世主《きゅうせいしゅ》です!!」

「ったく……感心《かんしん》している場合《ばあい》じゃねーぞ、オメーら！」

コナンはあきれた顔《かお》で子《こ》どもたちを見《み》ると、立《た》ち上《あ》がってポケットからイヤリング型携帯電話《がたけいたいでんわ》を取《と》り出《だ》した。


地上《ちじょう》からA塔《エーとう》を見上《みあ》げていた小五郎《こごろう》たちの前《まえ》に突然《とつぜん》何《なに》かが落《お》ちてきて、バキッと地面《じめん》に叩《たた》きつけられた。

「何《なん》だっ!?」

それは真《ま》っ二《ぷた》つに折《お》れたスケボーだった。

「コナン君《くん》のスケボーじゃ!!」

阿笠博士《あがさはかせ》たちの背後《はいご》で双眼鏡《そうがんきょう》をのぞいていた白鳥《しらとり》がアッと声《こえ》を上《あ》げる。

「今《いま》、コナン君《くん》が六十階《ろくじっかい》の連絡橋《れんらくきょう》を飛《と》び越《こ》えました!!」

「何《なに》ーっ⁉」

一同《いちどう》が驚《おどろ》く中《なか》、目暮《めぐれ》の携帯電話《けいたいでんわ》が鳴《な》った。

「目暮《めぐれ》だっ！」

『警部《けいぶ》さん！』

それはコナンからの電話《でんわ》だった。

『今《いま》からみんなで上《うえ》へ行《い》くから、屋上《おくじょう》にヘリを着陸《ちゃくりく》させて！』

「みんなって、今《いま》どこに――」

問《と》いかける前《まえ》にブチッと電話《でんわ》が切《き》れ、目暮《めぐれ》は「あっ⁉」と目《め》を丸《まる》くした。


電話《でんわ》を切《き》ったコナンは廊下《ろうか》を移動《いどう》して、非常階段《ひじょうかいだん》に出《で》た。ライトを持《も》ったコナンを先頭《せんとう》に、階段《かいだん》を上《のぼ》っていく。屋上《おくじょう》までは十五階《じゅうごかい》もあり、半分《はんぶん》を超《こ》えたところで一番後《いちばんうし》ろを歩《ある》いていた元太《げんた》がガックリと踊《おど》り場《ば》に手《て》をついた。

「さすがに十五階上《じゅうごかいあ》がんのはキツイぜぇ……」

「頑張《がんば》って元太君《げんたくん》！　もう少《すこ》しだから！」

前《まえ》を歩《ある》いていた歩美《あゆみ》が励《はげ》ますと、元太《げんた》は「お、おうよ」とふらつきながら立《た》ち上《あ》がった。

そしてようやく七十五階《ななじゅうごかい》の踊《おど》り場《ば》にたどり着《つ》いた。コナンは扉《とびら》の上《うえ》に掲《かか》げられた階数表《かいすうひょう》示板《じばん》をライトで照《て》らして確認《かくにん》すると、光彦《みつひこ》にライトを渡《わた》した。

「オメーら、先《さき》に行《い》ってろ」

「え？　コナン君《くん》どこへ……？」

扉《とびら》を開《あ》けたコナンは腕時計型《うでどけいがた》ライトをつけて廊下《ろうか》を進《すす》んでいった。灰原《はいばら》も後《あと》をついていく。

「おい、どこ行《い》くんだよ？　おーい！」

元太《げんた》が扉《とびら》から顔《かお》をのぞかせて声《こえ》をかけたが、二人《ふたり》は黙《だま》っていってしまった。扉《とびら》を閉《し》めた元太《げんた》が「何《なん》だ……？」と光彦《みつひこ》を振《ふ》り返《かえ》る。

「コナン君《くん》のことだから、何《なに》か考《かんが》えがあるんですよ。先《さき》に屋上《おくじょう》へ行《い》ってましょう！」

元太《げんた》がいつになく考《かんが》え込《こ》んでいると、光彦《みつひこ》と歩美《あゆみ》はさっさと階段《かいだん》を上《あ》がっていった。

「あっ!?　ちったあ考《かんが》えさせろよォ〜!!」

元太《げんた》も慌《あわ》てて階段《かいだん》を駆《か》けのぼった。

9

廊下《ろうか》を進《すす》んでパーティ会場《かいじょう》に出《で》たコナンと灰原《はいばら》は、舞台《ぶたい》への階段《かいだん》を上《あ》がった。カーテンをめくって舞台《ぶたい》に入《はい》ったコナンが突然《とつぜん》立《た》ち止《ど》まり、灰原《はいばら》も足《あし》を止《と》めた。

すると、真《ま》っ暗《くら》な舞台《ぶたい》の中央《ちゅうおう》に誰《だれ》かが立《た》っていた。掲《かか》げられた絵《え》をじっと見《み》ている。

「誰《だれ》かいるわ！」

「大木《おおき》さんと美緒《みお》さんを殺害《さつがい》した犯人《はんにん》だ」

「え……!?」

驚《おどろ》いた灰原《はいばら》がコナンを見《み》ると、二人《ふたり》に気《き》づいた犯人《はんにん》はギロリと目《め》を動《うご》かした。コナンの鋭《するど》い眼差《まなざ》しが、暗闇《くらやみ》に立《た》つ犯人《はんにん》を射《い》る。

「ある動機《どうき》から美緒《みお》さん殺害《さつがい》を決意《けつい》し、美緒《みお》さんに真珠《しんじゅ》のネックレスをプレゼントしたんだ！　そのネックレスをつけてオープンパーティの壇上《だんじょう》で自分《じぶん》の贈《おく》った絵《え》を紹介《しょうかい》してくれと言《い》って……」

灰原《はいばら》は「えっ」と目《め》を見開《みひら》いた。

「それじゃあ犯人《はんにん》は……!!」

コナンはゆっくりと舞台《ぶたい》の中央《ちゅうおう》へ進《すす》んだ。そして腕時計型《うでどけいがた》ライトを犯人《はんにん》に向《む》ける。

「そう……美緒《みお》さんの日本画《にほんが》の先生《せんせい》、如月峰水《きさらぎほうすい》さんだ!!」

ライトの光《ひかり》を浴《あ》びた如月《きさらぎ》は、目《め》を細《ほそ》めながら静《しず》かに振《ふ》り返《かえ》った。怪訝《けげん》そうな顔《かお》でコナンを見《み》つめる。

「君《きみ》は確《たし》か……」

「江戸川《えどがわ》コナン、探偵《たんてい》さ」

如月《きさらぎ》はピクリと左《ひだり》の眉《まゆ》を動《うご》かした。

「如月《きさらぎ》さんが美緒《みお》さんにプレゼントしたネックレスには、わざと外《はず》れやすい細工《さいく》がしてあったんでしょ？　そして如月《きさらぎ》さんは、もう一《ひと》つ別《べつ》のネックレスを用意《ようい》していた」

コナンは犯行《はんこう》に及《およ》ぶ如月《きさらぎ》の姿《すがた》を頭《あたま》に浮《う》かべながら、推理《すいり》を述《の》べていった。

「パーティのとき、あなたはそのネックレスを取《と》り出《だ》し、富士山《ふじさん》の額《がく》からカーテンのひだに合《あ》わせて垂《た》れ下《さ》げておいたピアノ線《せん》付《つ》きフックを引《ひ》っかけた。次《つぎ》に足元《あしもと》の灯《あか》りを目印《めじるし》に美緒《みお》さんに歩《あゆ》み寄《よ》り、ネックレスを外《はず》した……慌《あわ》てた美緒《みお》さんにあんたは『大丈夫《だいじょうぶ》、私《わたし》がつけてやる』などと言《い》って、別《べつ》のネックレスを首《くび》にかけた。ピアノ線《せん》付《つ》きネックレスをね。つまり――」

「美緒《みお》さんはネックレスにフックを引《ひ》っかけられたんじゃなく、最初《さいしょ》からフックのついたネックレスをつけられた……だから気《き》がつかなかったのね」

コナンと灰原《はいばら》の推理《すいり》に、如月《きさらぎ》が微《かす》かに目《め》を細《ほそ》める。コナンは舞台《ぶたい》の袖《そで》で拾《ひろ》った真珠《しんじゅ》の玉《たま》をポケットから取《と》り出《だ》して見《み》せた。

「オレが拾《ひろ》ったこの真珠《しんじゅ》の玉《たま》は、最初《さいしょ》のネックレスを如月《きさらぎ》さんが外《はず》したときに落《お》ちたものだ。舞台上《ぶたいじょう》にあったおちょこは、連続殺人《れんぞくさつじん》に見《み》せるためにわざと置《お》いたんだ」

灰原《はいばら》は「待《ま》って！」と口《くち》をはさんだ。

「如月《きさらぎ》さんには原《はら》さんのときにアリバイがあるわ」

「あっても不思議《ふしぎ》はないさ……原《はら》さんを殺害《さつがい》したのは、別《べつ》の犯人《はんにん》なんだから」

きっぱりと断定《だんてい》するコナンに、灰原《はいばら》は「え……!?」と目《め》を丸《まる》くした。

各階《かくかい》のフロアを焼《や》きつくすように広《ひろ》がった炎《ほのお》はエレベーターの昇降路《しょうこうろ》を猛烈《もうれつ》な勢《いきお》いで駆《か》け上《のぼ》り、七十階《ななじっかい》の扉《とびら》を破壊《はかい》して飛《と》び出《だ》した。龍《りゅう》のごとく燃《も》え盛《さか》る炎《ほのお》はあっという間《ま》に廊下《ろうか》を覆《おお》いつくし、窓《まど》が一斉《いっせい》に吹《ふ》き飛《と》ぶ。

「火《ひ》が七十階《ななじっかい》に達《たっ》しました！」

双眼鏡《そうがんきょう》をのぞいていた白鳥《しらとり》が告《つ》げると、目暮《めぐれ》は「ええい！」と高木《たかぎ》を振《ふ》り返《かえ》った。

「救助《きゅうじょ》ヘリはまだか!?」

「ハイ！　確認《かくにん》します！」

慌《あわ》てて携帯電話《けいたいでんわ》のボタンを押《お》す高木《たかぎ》のそばで、蘭《らん》は心配《しんぱい》そうにビルを見上《みあ》げた。

(コナン君《くん》……)

真《ま》っ暗《くら》な舞台《ぶたい》の中《なか》で如月《きさらぎ》と対峙《たいじ》したコナンは、原《はら》が殺害《さつがい》された夜《よる》のことを話《はな》し始《はじ》めた。

「あの晩《ばん》、オレたちが帰《かえ》った後《あと》で如月《きさらぎ》さんは、原《はら》さんを殺害《さつがい》しようとマンションに向《む》かった。ところが、原《はら》さんはすでに胸《むね》を撃《う》たれて死《し》んでいた……アンタはとっさにこの事件《じけん》を連続殺人事件《れんぞくさつじんじけん》に偽装《ぎそう》し、自《みずか》らのアリバイに利用《りよう》しようと考《かんが》えたんだ！　連続殺人《れんぞくさつじん》の場合《ばあい》、一件《いっけん》でもアリバイがあれば犯人《はんにん》ではなくなるからな」

胸《むね》を撃《う》たれて死《し》んでいた原《はら》の左脇《ひだりわき》にあったおちょこ――あれは、如月《きさらぎ》が置《お》いたのだ。

「アンタは大木《おおき》さんのときのように持《も》ってきたおちょこを割《わ》ったんだ。そのとき、破片《はへん》の一部《いちぶ》が固《かた》まっていた血《ち》の上《うえ》に飛《と》んだ――だから、トメさんが持《も》ってた袋《ふくろ》の中《なか》にあった破片《はへん》には、血《ち》がついていなかったんだ」

原《はら》が殺害《さつがい》されてから時間《じかん》が経《た》っていたため、如月《きさらぎ》がおちょこを割《わ》ったときにはすでに血《ち》が固《かた》まっていた。だから、血だまりの上《うえ》に落《お》ちた破片《はへん》に血《ち》がつかなかったのだ。

杖《つえ》に手《て》をかけて立《た》っていた如月《きさらぎ》は、黙《だま》ってうつむいた。続《つづ》いてコナンは白鳥《しらとり》の資料《しりょう》にはさまれていた写真《しゃしん》を頭《あたま》に浮《う》かべた。

「そして、大木《おおき》さんが殺害《さつがい》されたホテルの現場写真《げんばしゃしん》で見《み》た、クローゼットの下《した》の方《ほう》にだけ飛《と》び散《ち》っていた血《ち》……あれはおそらく、アンタの描《か》いた掛《か》け軸《じく》がクローゼットにかけられていたんだろう。殺害《さつがい》したときに掛《か》け軸《じく》の下《した》にまで血《ち》が飛《と》び散《ち》ったため、クローゼットに不自然《ふしぜん》な血《ち》の跡《あと》が残《のこ》った…アンタは自分《じぶん》の掛《か》け軸《じく》をプレゼントするのを口実《こうじつ》に大木《おおき》さんの部屋《へや》を訪《おとず》れ、油断《ゆだん》させたんだ」

コナンが話《はな》し終《お》わると、如月《きさらぎ》は目《め》を開《あ》けてゆっくりと顔《かお》を上《あ》げた。そして余裕《よゆう》の笑《え》みを浮《う》かべてコナンを見《み》る。

「なかなか面白《おもしろ》い推理《すいり》だな、探偵君《たんていくん》。だが、君《きみ》の推理《すいり》には——」

「証拠《しょうこ》ならあるさ、その杖《つえ》の中《なか》に」

コナンが杖《つえ》を指差《ゆびさ》すと、如月《きさらぎ》はハッと目《め》を見開《みひら》いて杖《つえ》を見《み》た。

「美緒《みお》さんがつけていた最初《さいしょ》の真珠《しんじゅ》のネックレスが隠《かく》されているはずだ」

険《けわ》しい表情《ひょうじょう》でコナンをにらんでいた如月《きさらぎ》は、観念《かんねん》したようにフッと笑《わら》った。そして杖《つえ》の持《も》ち手《て》を回《まわ》して外《はず》すと、杖《つえ》を逆《さか》さまに持《も》った。糸《いと》の切《き》れた真珠《しんじゅ》のネックレスが床《ゆか》に落《お》ちてきて、灰原《はいばら》が「あ……！」と声《こえ》をもらす。

如月《きさらぎ》は杖《つえ》を舞台《ぶたい》の袖《そで》に放《ほう》り投《な》げた。

「なぜここに隠《かく》したとわかった？」

「音《おと》だよ！　美緒《みお》さんが亡《な》くなる前《まえ》と後《あと》で、微《かす》かに杖《つえ》をつく音《おと》が違《ちが》ったんだ」

コナンの驚《おどろ》くべき観察力《かんさつりょく》に、如月《きさらぎ》は感心《かんしん》の笑《え》みを浮《う》かべた。

「フッ……まさに探偵《たんてい》の耳《みみ》だな」

対峙《たいじ》する二人《ふたり》の後《うし》ろで、灰原《はいばら》は「でも」と口《くち》を開《ひら》いた。

「動機《どうき》は何《なに》……？　美緒《みお》さんが如月《きさらぎ》さんの絵《え》を買《か》い占《し》め、高《たか》く売《う》ったから？」

コナンは「いや」と如月《きさらぎ》を見《み》た。

「動機《どうき》は恐《おそ》らく、このツインタワービルだ」

「え……!?」

「大木《おおき》さんを殺害《さつがい》したのも、原《はら》さんを殺害《さつがい》しようとしたのも……」

コナンはそう言《い》うと、パーティで紹介《しょうかい》された如月《きさらぎ》の作品《さくひん》を思《おも》い浮《う》かべた。

「アンタの描《か》いた富士山《ふじさん》の絵《え》……途中《とちゅう》からみんな同《おな》じ角度《かくど》、同《おな》じ構図《こうず》になっていた。あれは同《おな》じ場所《ばしょ》から描《か》いたんだよな？」

「……西多摩市《にしたまし》の外《はず》れに見《み》つけた、小高《こだか》い丘《おか》の上《うえ》でな……」

如月《きさらぎ》は顔《かお》を上《あ》げ、遠《とお》くを見《み》つめるように目《め》を細《ほそ》めた。

「私《わたし》はその丘《おか》に何十年《なんじゅうねん》も通《かよ》い、絵《え》を描《か》き続《つづ》けた……だが、年《とし》を取《と》るに従《したが》って、丘《おか》を登《のぼ》るのもきつくなってきた……そこで、三年前《さんねんまえ》、私《わたし》は生涯《しょうがい》富士山《ふじさん》を描《か》き続《つづ》けるために丘《おか》を丸《まる》ごと買《か》い、家《いえ》を建《た》てたんだ。そして、一番《いちばん》いい場所《ばしょ》に仕事部屋《しごとべや》を作《つく》った。その窓《まど》からは、富士《ふじ》山《さん》が一望《いちぼう》できるようになっていた……」

語《かた》りながら思《おも》い出《で》に浸《ひた》っていた如月《きさらぎ》は、突然《とつぜん》持《も》っていた墨汁《ぼくじゅう》のフタを開《あ》けた。そして、足元《あしもと》に置《お》かれたモップにドポドポと垂《た》らし始《はじ》める。

「それを……あの女《おんな》はこうしたんだっ!!」

モップを持《も》った如月《きさらぎ》は、舞台《ぶたい》に掲《かか》げられた自分《じぶん》の作品《さくひん》の方《ほう》へ振《ふ》り上《あ》げた。墨汁《ぼくじゅう》を染《し》み込《こ》ませたモップが富士山《ふじさん》の山頂《さんちょう》にドンッと突《つ》き立《た》てられ、そのまま勢《いきお》いよく振《ふ》り下《お》ろす。

一直線《いっちょくせん》に引《ひ》かれた漆黒《しっこく》の線《せん》は、如月《きさらぎ》が描《か》いた富士山《ふじさん》を真《ま》っ二《ぷた》つにした。

その絵《え》を見《み》た瞬間《しゅんかん》――逆《さか》さに置《お》いたおちょこと富士山《ふじさん》が灰原《はいばら》の頭《あたま》に浮《う》かんだ。

「じゃあまさか……あの割《わ》られたおちょこって、富士山《ふじさん》のこと……!?」

コナンは「ああ」とうなずき、苦《くる》しげに息《いき》をする如月《きさらぎ》を見《み》た。

「富士山《ふじさん》をツインタワービルで二《ふた》つに割《わ》られた、この人《ひと》の怒《いか》りのメッセージだったんだよ」

「でも美緒《みお》さんのとき、おちょこは割《わ》られてなかったわ」

「あれは連続殺人《れんぞくさつじん》と偽装《ぎそう》するために置《お》いたもので、メッセージはもう残《のこ》す必要《ひつよう》がなかったんだ。富士山《ふじさん》の絵《え》は、美緒《みお》さんの姿《すがた》で割《わ》られていたからな」

灰原《はいばら》は吊《つ》り下《さ》げられた美緒《みお》の姿《すがた》を思《おも》い出《だ》した。如月《きさらぎ》が描《か》いた富士山《ふじさん》を真《ま》っ二《ぷた》つに割《わ》るように、作品《さくひん》の前《まえ》にぶら下《さ》がっていたのだ――。

コナンに真相《しんそう》を見破《みやぶ》られた如月《きさらぎ》は観念《かんねん》したようにフッと笑《え》みをもらした。

「ネックレスの証拠《しょうこ》を見《み》つけられた以上《いじょう》、もはや言《い》い逃《のが》れはできんな」

羽織《はおり》の袖《そで》から小《ちい》さな瓶《びん》を取《と》り出《だ》し、持《も》っていたモップを離《はな》して瓶《びん》のフタを開《あ》ける。

「!?」

如月《きさらぎ》が小瓶《こびん》を口元《くちもと》に運《はこ》ぼうとするのを見《み》て、コナンはすばやく腕時計《うでどけい》のカバーを開《ひら》いて麻酔銃《ますいじゅう》を撃《う》った。

麻酔針《ますいばり》が首《くび》に命中《めいちゅう》した如月《きさらぎ》は小瓶《こびん》を落《お》とし、ガクッと膝《ひざ》をついて床《ゆか》に倒《たお》れた。コナンは床《ゆか》にこぼれた液体《えきたい》をチラリと見《み》て、あお向《む》けに倒《たお》れた如月《きさらぎ》に近《ちか》づいた。

「悪《わる》いな。探偵《たんてい》としてアンタを死《し》なせるわけにはいかねーんだ」

非常階段《ひじょうかいだん》を上《あ》がって屋上《おくじょう》に着《つ》いた子《こ》どもたちはヘリポートの真《ま》ん中《なか》に立《た》ち、夜空《よぞら》を見上《みあ》げてヘリコプターの姿《すがた》を捜《さが》した。

すると、遠《とお》くからパラパラパラ…とローターの回転《かいてん》する音《おと》が聞《き》こえてきて、夜空《よぞら》に大《おお》きな光《ひかり》が見《み》えた。

「あ！　来《き》ました！」

光彦《みつひこ》の声《こえ》に歩美《あゆみ》と元太《げんた》が振《ふ》り返《かえ》ると、光《ひかり》の中《なか》からヘリコプターが現《あらわ》れた。ツインタワービルにまっすぐ向《む》かってくる。

「おーい！　ここですよォー！」

「こっちこっち！　頼《たの》むぜー！」

子《こ》どもたちはヘリコプターに向《む》かって大《おお》きく手《て》を振《ふ》った。

コナンと灰原《はいばら》は倒《たお》れている如月《きさらぎ》を残《のこ》し、舞台《ぶたい》の階段《かいだん》を下《お》りて会場出口《かいじょうでぐち》へ向《む》かった。

「よくわかったわね、如月峰水《きさらぎほうすい》の動機《どうき》」

「あの人《ひと》の家《いえ》へ行《い》ったときから、ずっと引《ひ》っかかってたんだ」

コナンは立《た》ち止《ど》まり、後《うし》ろを歩《ある》いていた灰原《はいばら》を振《ふ》り返《かえ》った。

「オレたちがあさひ野《の》駅《えき》に着《つ》いたとき、光彦《みつひこ》の後《うし》ろにツインタワービルで真《ま》っ二《ぷた》つに割《わ》られた富士山《ふじさん》が見《み》えた……そして、正反対《せいはんたい》の位置《いち》に如月《きさらぎ》さんの家《いえ》があった。だが、彼《かれ》の仕事《しごと》部屋《べや》はせっかくの広《ひろ》い窓《まど》にカーテンが閉《し》まってたんだよ」

「彼《かれ》はツインタワービルでさえぎられた富士山《ふじさん》を、人《ひと》に見《み》られたくなかったってわけね……。でも、もうひとつ」

灰原《はいばら》がもうひとつの疑《ぎ》問《もん》を口《くち》にしようとすると、

「原《はら》さんを殺害《さつがい》した犯人《はんにん》だろ？」

コナンが先回《さきまわ》りして答《こた》えた。

「これはあくまでオレの想像《そうぞう》だが……彼《かれ》が握《にぎ》っていたのは銀《ぎん》のナイフだ……銀《ぎん》はローマ字《じ》で〝G《ジー》・I《アイ》・N《エヌ》〟――見《み》ろよ」

そう言《い》うと、コナンは腕時計型《うでどけいがた》ライトでバーカウンターを照《て》らした。棚《たな》に並《なら》べられた洋《よう》酒《しゅ》の瓶《びん》が浮《う》かび上《あ》がり、瓶《びん》に貼《は》られたラベルの〈GIN《ジン》〉を見《み》て灰原《はいばら》はハッとした。

「〝G《ジー》・I《アイ》・N《エヌ》〟を酒《さけ》のラベルにつけると、読《よ》み方《かた》が変《か》わるだろ？」

「ジン……！」

灰原《はいばら》の脳裏《のうり》に、冷酷《れいこく》な目《め》をしたジンの姿《すがた》が浮《う》かぶ。

「おそらく原《はら》さんはジンに拳銃《けんじゅう》を向《む》けられ、とっさにテーブルの上《うえ》のナイフをつかんだんだ。さすがのジンも、ナイフで拳銃《けんじゅう》に対抗《たいこう》するつもりだと思《おも》って、それがメッセージとは気《き》づかなかったんだろう……」

「原《はら》さんは……彼《かれ》らの仲間《なかま》？」

コナンは「ああ」と腕時計型《うでどけいがた》ライトを床《ゆか》に向《む》けた。

「おそらくコンピュータに侵入《しんにゅう》し、秘密《ひみつ》のデータを盗《ぬす》んだってところだろう。だからヤツらは原《はら》さんを始末《しまつ》して、パソコンのデータを消去《しょうきょ》し、データを転送《てんそう》した可能性《かのうせい》のある〈TOKIWA《トキワ》〉のメインコンピュータを爆破《ばくは》したんだ」

「そういうことだったのね……」

電気室《でんきしつ》と発電機室《はつでんきしつ》だけではなく、四十階《よんじっかい》のコンピュータ室《しつ》にまで爆弾《ばくだん》を仕掛《しか》けたのは、そのためだったのかと納得《なっとく》する。

すると、コナンの腕時計型《うでどけいがた》ライトがチカチカして消《き》えてしまった。

「いけね、バッテリー切《ぎ》れだ！　オレは上《うえ》へ行《い》って如月《きさらぎ》さんを運《はこ》ぶ応援《おうえん》を呼《よ》んでくる！　オメーはここで待《ま》っててくれ！」

コナンはそう言《い》うと、通路《つうろ》の先《さき》の扉《とびら》を開《あ》けて出《で》ていった。

残《のこ》された灰原《はいばら》は仕方《しかた》なくバーカウンターの椅子《いす》に座《すわ》り、小《ちい》さく息《いき》をついた。ふと、正面《しょうめん》の棚《たな》に目《め》を向《む》ける。

すると、ジンの瓶《びん》の後《うし》ろから赤《あか》い光《ひかり》が漏《も》れているのが見《み》えた。

まさか——灰原《はいばら》は目《め》を大《おお》きく見開《みひら》いた。


目暮《めぐれ》たちはB塔《ビーとう》のエレベーターでプールのある屋上《おくじょう》に上《あ》がった。小五郎《こごろう》、蘭《らん》、園子《そのこ》、阿《あ》笠博士《がさはかせ》、そして風間《かざま》の姿《すがた》もある。

A塔《エーとう》の屋上《おくじょう》へ向《む》かう警視庁《けいしちょう》のヘリコプターを見上《みあ》げた目暮《めぐれ》は、ホッと頬《ほお》を緩《ゆる》めた。

「風《かぜ》もないし、もう大丈夫《だいじょうぶ》だろう」

ヘリコプターはヘリポートの真上《まうえ》に着《つ》くと、ホバリングしながら降下《こうか》し始《はじ》めた。

「わーい！」
「やったーっ！」
「助《たす》かったぞー‼」
ヘリポートの隅《すみ》に移動《いどう》した子《こ》どもたちは近《ちか》づいてくるヘリコプターを見上《みあ》げ、ハイタッチして喜《よろこ》んだ。

ツインタワービルから少《すこ》し離《はな》れた道沿《みちぞ》いに、黒《くろ》のポルシェ356A《エー》が停《と》まっていた。運転席《うんてんせき》に座《すわ》ったジンは、背後《はいご》にそびえるツインタワービルを振《ふ》り返《かえ》った。上層階《じょうそうかい》の窓《まど》は炎《ほのお》で真《ま》っ赤《か》に染《そ》まり、黒煙《こくえん》が立《た》ち昇《のぼ》る屋上《おくじょう》にヘリコプターが降下《こうか》していくのが見《み》える。

車《くるま》の横《よこ》に立《た》っていたウォッカはツインタワービルを見上《みあ》げながらヘッと笑《わら》い、リモコンのスイッチを押《お》した。

子《こ》どもたちがヘリポートで手《て》を振《ふ》っていると、突然《とつぜん》、屋上《おくじょう》の隅《すみ》で爆発《ばくはつ》が起《お》きた。ドオォオン、ドオォオンと立《た》て続《つづ》けに爆音《ばくおん》がしたかと思《おも》うと、爆風《ばくふう》と共《とも》に飛《と》んできた石油缶《せきゆかん》がガソリンを撒《ま》き散《ち》らしながらヘリポートに落《お》ちた。床《ゆか》に飛《と》び散《ち》ったガソリンに火《ひ》がつき、あっという間《ま》に炎《ほのお》がヘリポート一面《いちめん》に広《ひろ》がった。

「ヒイ〰〰ッ!!」

子《こ》どもたちが目《め》の前《まえ》に広《ひろ》がる炎《ほのお》に悲鳴《ひめい》を上《あ》げると、

「みんな戻《もど》れ!!」

屋上《おくじょう》の出入《でい》り口《ぐち》からコナンの叫《さけ》び声《ごえ》が聞《き》こえた。

「急《いそ》げっ!!」

子《こ》どもたちは慌《あわ》てて階段《かいだん》を下《お》り、コナンがいる屋上《おくじょう》の出入《でい》り口《ぐち》に向《む》かった。とたんに炎《ほのお》が噴《ふ》き出《だ》して、子《こ》どもたちが立《た》っていた場所《ばしょ》もあっという間《ま》に炎《ほのお》に包《つつ》まれた。降下《こうか》していたヘリコプターも炎《ほのお》から逃《のが》れるように急上昇《きゅうじょうしょう》する。

「だ、誰《だれ》がこんなことを……」

B塔《ビーとう》の屋上《おくじょう》にいた小五郎《こごろう》たちは、炎《ほのお》の海《うみ》と化《か》したヘリポートを呆然《ぼうぜん》と見上《みあ》げた。

「これで当分《とうぶん》ヘリは無理《むり》ですぜ」

ヘリコプターがA塔《エーとう》の屋上《おくじょう》から離《はな》れていくのを見《み》て、ウォッカはニヤリと笑《わら》った。

「火《ひ》が消《き》えるのをチンタラ待《ま》っていたら、その前《まえ》に――」

「タイムアップだ」

ジンはそう言《い》うと、腕時計《うでどけい》を見《み》てほくそ笑《え》んだ。


非常階段《ひじょうかいだん》を下《お》りてきたコナンが七十五階《ななじゅうごかい》のパーティ会場《かいじょう》の扉《とびら》を開《あ》けると、つづいて子《こ》どもたちが駆《か》け込《こ》んできて、ハァハァと荒《あら》い息《いき》をしながら両手《りょうて》を床《ゆか》についた。

「いったいどうなってんですか、このビルは……！」

扉《とびら》を閉《し》めたコナンは、座《すわ》り込《こ》む子《こ》どもたちに歩《あゆ》み寄《よ》った。

「こーなったら、屋上《おくじょう》の火《ひ》が消《き》えるのを待《ま》つしかねーな」

「そんな時間《じかん》はないみたいよ」

テーブルのそばにいた灰原《はいばら》はそう言《い》うと、テーブルクロスをめくり上《あ》げた。コナンが駆《か》け寄《よ》ってテーブルの裏側《うらがわ》をのぞく。

すると、テーブルの裏《うら》に四角《しかく》い粘土《ねんど》のようなものが起爆装置《きばくそうち》と共《とも》にガムテープで止《と》められていた。

「爆弾《ばくだん》……!!」

コナンの声《こえ》に、子《こ》どもたちが「ええーっ!?」と顔《かお》を上《あ》げる。

「全部《ぜんぶ》のテーブルにあるわ、タイマーは……」

テーブルクロスを下《お》ろした灰原《はいばら》は、バーカウンターを見《み》た。棚《たな》に並《なら》べられた洋酒《ようしゅ》の瓶《びん》の間《あいだ》にタイマー付《つ》きのプラスチック爆弾《ばくだん》があり、タイマーの数字《すうじ》が四分十秒《よんぷんじゅうびょう》から九《きゅう》に変《か》わる。

「あと四分《よんぷん》しかありませんよ!!」

光彦《みつひこ》の叫《さけ》び声《ごえ》に、元太《げんた》と歩美《あゆみ》は「ええっ！」と縮《ちぢ》み上《あ》がった。

ジンたちのもくろみに気《き》づいたコナンが、クソッと奥歯《おくば》をかみしめる。

(最後《さいご》にパーティ会場《かいじょう》を爆破《ばくは》して、誰《だれ》を狙《ねら》ったかわからなくさせるのが狙《ねら》いか……!!)

するとそのとき、B塔側《ビーとうがわ》の窓《まど》の外《そと》から強烈《きょうれつ》な光《ひかり》が放《はな》たれた。コナンたちが驚《おどろ》いて窓《まど》に駆《か》け寄《よ》ると、B塔《ビーとう》の屋上《おくじょう》に数台《すうだい》の投光機《とうこうき》が置《お》かれ、こちらを照《て》らしていた。

B塔《ビーとう》の屋上《おくじょう》にいる風間《かざま》は、見取《みと》り図《ず》を持《も》った消防隊員《しょうぼうたいいん》にビルの構造《こうぞう》を説明《せつめい》し、白鳥《しらとり》は双眼鏡《そうがんきょう》でA塔《エーとう》を見《み》ていた。小五郎《こごろう》、蘭《らん》、園子《そのこ》、阿笠博士《あがさはかせ》も心配《しんぱい》そうにこっちを見上《みあ》げている。

（蘭《らん》……）

「急《いそ》げーっ!!」

消火《しょうか》ホースを持《も》った消防隊員《しょうぼうたいいん》が屋上《おくじょう》に現《あらわ》れ、A塔《エーとう》に向《む》かって一斉《いっせい》に放水《ほうすい》を始《はじ》めた。しかし、距離《きょり》がありすぎてA塔《エーとう》に届《とど》かない。

「隊長《たいちょう》ッ！　届《とど》きません!!」

「くそっ！　ダメか……!!」

消防隊長《しょうぼうたいちょう》は悔《くや》しそうに拳《こぶし》を握《にぎ》り、燃《も》えさかるヘリポートを見《み》つめた。

B塔《ビーとう》の屋上《おくじょう》から放水《ほうすい》されるのを見《み》ていたコナンは、最上階《さいじょうかい》の屋内《おくない》プールにかけられたドーム型《がた》の屋根《やね》に目《め》を向《む》けた。

（待《ま》てよ。あの屋上《おくじょう》……！）

ひらめいたコナンは踵《きびす》を返《かえ》し、パーティ会場《かいじょう》の反対側《はんたいがわ》にある展示台《てんじだい》に向《む》かった。子《こ》どもたちも後《あと》を追《お》う。

コナンは展示台《てんじだい》に置《お》かれたマスタングのドアに飛《と》び乗《の》り、ハンドルの横《よこ》に鍵《かぎ》が差《さ》し込《こ》まれているのを確認《かくにん》した。

「よし、キーは付《つ》いてる!」

コナンの言葉《ことば》を聞《き》いて、光彦《みつひこ》は「そうか!」と手《て》を打《う》った。

「この車《くるま》で隣《となり》のビルに飛《と》び移《うつ》るんですね!!」

コナンの策《さく》に子《こ》どもたちが喜《よろこ》んでいると、歩《あゆ》み寄《よ》ってきた灰原《はいばら》は「無理《むり》よ」と言《い》った。

「ビルの間《あいだ》は五十《ごじゅう》メートル。飛《と》び移《うつ》るということになれば、六十《ろくじゅう》メートルってところね。隣《となり》のビルとの高低差《こうていさ》は二十《にじゅう》メートル……地球上《ちきゅうじょう》の物体《ぶったい》は、空間《くうかん》では水平方向《すいへいほうこう》に同《おな》じ速度《そくど》で進《すす》むけど、下向《したむ》きには重力《じゅうりょく》によって決《き》まった割合《わりあい》で速度《そくど》を上《あ》げながら落下《らっか》していくの」

歩美《あゆみ》と光彦《みつひこ》はポカンと口《くち》を開《あ》けながら、灰原《はいばら》の説明《せつめい》を聞《き》いていた。すでに理解《りかい》できない元太《げんた》はムム……と顔《かお》をしかめる。

「二十《にじゅう》メートル落下《らっか》する時間《じかん》を求《もと》める式《しき》は、$t=\sqrt{\frac{2S}{g}}$。t《ティー》は求《もと》める時間《じかん》、g《ジー》は重力加速度《じゅうりょくかそくど》九《きゅう》・八〇六六五《はちぜろろくろくご》m/s^2《メーターパーセックの二乗》。s《エス》は落下距離《らっかきょり》二十《にじゅう》メートル。この数字《すうじ》を式《しき》に当《あ》てはめると——t《ティー》は二《に》・〇二秒《ぜろにびょう》。つまり、二十《にじゅう》メートル落下《らっか》するのに約二秒《やくにびょう》。二秒《にびょう》で六十《ろくじゅう》メートル進《すす》まなくてはいけないということは……」

コナンは「一秒《いちびょう》で三十《さんじゅう》メートル」と答《こた》えた。

コナンたちは、車《ぐるま》で隣《となり》のビルに飛《と》び移《うつ》ることができるのか？

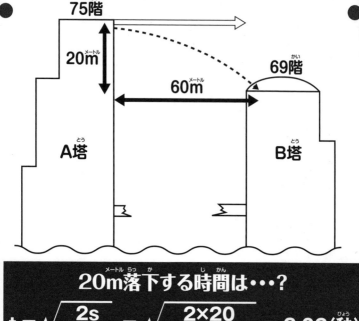

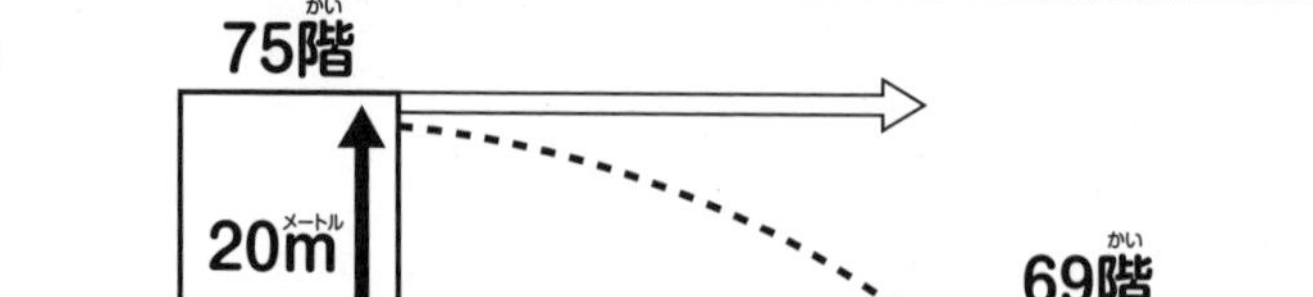

20m《メートル》落下《らっか》する時間《じかん》は・・・？

$$t=\sqrt{\frac{2s}{g}}=\sqrt{\frac{2\times20}{9.80665}}=\underline{2.02}$$ (秒《びょう》)

t=時間《じかん》(秒《びょう》)

g=重力加速度《じゅうりょくかそくど》　9.80665m/sec.^{2}《メーターパーセックの二乗》

s=落下距離《らっかきょり》　20m《メートル》

2秒《びょう》で60m《メートル》水平方向《すいへいほうこう》に進《すす》むには、時速《じそく》何《なん》km《キロ》で走《はし》れば良《い》いか？

つまり、1秒《びょう》で30m《メートルすす》進むということなので、➡ 時速《じそく》にすると **108km《キロ》!**

時速《じそく》108km《キロ》で走《はし》れば、B塔《とう》に飛《と》び移《うつ》ることができる!!

「時速《じそく》に置《お》き換《か》えると、百八《ひゃくはち》キロだ。この会場《かいじょう》の広《ひろ》さだと、出《だ》せるスピードはせいぜい五《ご》十《じゅう》から六十《ろくじっ》キロ。このままだと向《む》こうのビルに届《とど》く前《まえ》に落《お》ちちまうが……」

子《こ》どもたちが不安《ふあん》そうに展示台《てんじだい》の先《さき》にあるB塔側《ビーとうがわ》の窓《まど》を見《み》つめると、コナンは車《くるま》のトランクを開《ひら》いた。

「これならどうだ？」

コナンの意図《いと》に気《き》づいた灰原《はいばら》が目《め》を見開《みひら》く。

「ま、まさか、爆風《ばくふう》と同時《どうじ》に……!?」

「え!?　何《なん》だ？　何《なに》言《い》ってんだよ!?」

わけがわからない元太《げんた》に、光彦《みつひこ》が説明《せつめい》する。

「コナン君《くん》は爆発《ばくはつ》による爆風《ばくふう》を利用《りよう》して、飛《と》んでいこうと考《かんが》えてるんです！」

「なに～っ!!」

元太《げんた》が飛《と》び上《あ》がって驚《おどろ》くと、コナンは大胆不敵《だいたんふてき》な笑《え》みを浮《う》かべた。

「どうせ待《ま》ってても死《し》んじまうんだ。やろうぜ……!!」

百《ひゃく》パーセント成功《せいこう》する保証《ほしょう》はなかった。

でも、他《ほか》に助《たす》かる道《みち》はない。それならこれにかけるしかないんだ……!!

コナンの決断《けつだん》に、子《こ》どもたちは顔《かお》を見合《みあ》わせた。そして、真剣《しんけん》な表情《ひょうじょう》でうなずく。

「やろう、コナン君《くん》！」

「やりましょう！」

「いっちょ派手《はで》にな!!」

子《こ》どもたちのそばにいた灰原《はいばら》は、あごに手《て》を当《あ》てて考《かんが》え始《はじ》めた。

「成否《せいひ》の鍵《かぎ》を握《にぎ》るのはタイミングね……車《くるま》がスピードを上《あ》げて、窓《まど》を突《つ》き破《やぶ》った瞬間《しゅんかん》に爆《ばく》弾《だん》が爆発《ばくはつ》しないと、そのまま失速《しっそく》して墜落《ついらく》してしまうわ」

コナンが「ああ」とうなずく。

「問題《もんだい》は車《くるま》に乗《の》ると、タイマーが見《み》えねーってことだな。オレの時計《とけい》はバッテリーが切《き》れちまったし……」

「それなら歩美《あゆみ》ちゃんです！」

ポンと手《て》を打《う》った光彦《みつひこ》は、歩美《あゆみ》を振《ふ》り返《かえ》った。

「歩美《あゆみ》ちゃんなら三十秒《さんじゅうびょう》ピッタリわかるかもしれません！」

「でもよォ、さっき外《はず》してたじゃんか」

元太《げんた》に言《い》われて、光彦《みつひこ》は「あ……」とパーティのゲームを思《おも》い出《だ》した。阿笠博士《あがさはかせ》の車《くるま》の中《なか》では三十秒《さんじゅうびょう》をピッタリ数《かぞ》え当《あ》てることができたけれど、パーティのゲームでは外《はず》してしまったのだ。

「どうだ歩美《あゆみ》ちゃん、できるか？」

コナンがたずねると、歩美《あゆみ》は「じ、自信《じしん》はないけど……」と顔《かお》を上《あ》げた。

「でも、コナン君《くん》と一緒《いっしょ》なら！」

「えっ？」

「コナン君《くん》がそばにいてくれたら、わたしできると思《おも》う……！」

顔《かお》を赤《あか》らめながら訴《うった》える歩美《あゆみ》に、コナンは目《め》を丸《まる》くした。

（歩美《あゆみ》……）

灰原《はいばら》が「だったら」と口《くち》を開《ひら》く。

「私《わたし》がタイマーのそばで三十秒《さんじゅうびょう》までカウントして、そのあと車《くるま》に乗《の》り込《こ》むっていうのはどう？」

「……考《かんが》えてる時間《じかん》はねえ！　それで行《い》こう！」

決断《けつだん》したコナンは子《こ》どもたちに指示《しじ》をすると、イヤリング型携帯電話《がたけいたいでんわ》を取《と》り出《だ》した。

「何《なに》ーっ⁉　会場《かいじょう》に爆弾《ばくだん》が仕掛《しか》けられている──⁉」

コナンから電話《でんわ》がかかってきた目暮《めぐれ》の叫《さけ》び声《ごえ》に、屋上《おくじょう》にいる一同《いちどう》は目《め》を見張《みは》った。

『すぐに屋上《おくじょう》のドームを開《あ》けるように言《い》って！』

「屋上《おくじょう》の？」

『いいから早《はや》く！』

目暮《めぐれ》は携帯電話《けいたいでんわ》の送話口《そうわぐち》を押《お》さえながら「風間《かざま》さん！」と呼《よ》んだ。風間《かざま》がすぐに中央監《ちゅうおうかん》視室《ししつ》に電話《でんわ》をする。

「もしもし、私《わたし》だ！　すぐに屋上《おくじょう》のドームを開《あ》けてくれ！　すぐにだ‼」

心配《しんぱい》で居《い》ても立《た》ってもいられなくなった蘭《らん》は「すみません」と目暮《めぐれ》の携帯電話《けいたいでんわ》を取《と》った。

「どうするの、コナン君《くん》⁉」

『……蘭姉《らんねえ》ちゃん、今《いま》からそっちへ行《い》くから』

「え……!?」

コナンの穏《おだ》やかな声《こえ》が聞《き》こえてきたかと思《おも》うと、ブチッと電話《でんわ》が切《き》れた。

「もしもし？　コナン君《くん》!?」

A塔《エーとう》を見上《みあ》げながら慌《あわ》てて呼《よ》びかけたが、ツーツーと終話音《しゅうわおん》が響《ひび》くだけだった。


元太《げんた》と光彦《みつひこ》が気《き》を失《うしな》った如月《きさらぎ》を車《くるま》へ運《はこ》んでいると、屋上《おくじょう》のドーム形屋根《がたやね》が開《ひら》き始《はじ》めた。

コナンはマウンテンバイクの展示台《てんじだい》に置《お》いてあったフルフェイスのヘルメットを手《て》に取《と》り、歩美《あゆみ》の頭《あたま》にかぶせた。車《くるま》の後部座席《こうぶざせき》に如月《きさらぎ》を座《すわ》らせた光彦《みつひこ》は、シートベルトを如月《きさらぎ》の体《からだ》にかけてバックルに差《さ》し込《こ》んだ。

バーカウンターに腰《こし》かけた灰原《はいばら》が、棚《たな》に置《お》かれた爆弾《ばくだん》のタイマーを見《み》る。

「五十五《ごじゅうご》、五十四《ごじゅうよん》、五十三《ごじゅうさん》……！」

灰原《はいばら》のカウントダウンが響《ひび》く中《なか》、コナンは歩美《あゆみ》を運転席《うんてんせき》に座《すわ》らせた。光彦《みつひこ》は如月《きさらぎ》の横《よこ》に座《すわ》り、元太《げんた》は助手席《じょしゅせき》に乗《の》り込《こ》む。

運転席《うんてんせき》と助手席《じょしゅせき》の間《あいだ》に立《た》ったコナンは、エンジンキーを回《まわ》した。エンジンがうなり、マフラーから野太《のぶと》い排気音《はいきおん》が轟《とどろ》く。

「四十三《よんじゅうさん》、四十二《よんじゅうに》、四十《よんじゅう》……！」

コナンは運転席《うんてんせき》に座《すわ》る歩美《あゆみ》の手《て》を握《にぎ》った。頬《ほお》を赤《あか》らめた歩美《あゆみ》は小《ちい》さく微笑《ほほえ》むと、目《め》を閉《と》じた。そして灰原《はいばら》のカウントダウンに耳《みみ》を傾《かたむ》けて集中《しゅうちゅう》する。

「三十三《さんじゅうさん》、三十二《さんじゅうに》、三十一《さんじゅういち》……！」

「三十《さんじゅう》、二十九《にじゅうきゅう》……！」

歩美《あゆみ》が三十《さんじゅう》から数《かぞ》え始《はじ》めた。しかし、灰原《はいばら》はカウントダウンをやめようとしなかった。

「二十八《にじゅうはち》、二十七《にじゅうなな》……！」

「灰原《はいばら》さん！」

光彦《みつひこ》の叫《さけ》び声《ごえ》に、コナンと元太《げんた》は後部座席《こうぶざせき》を振《ふ》り返《かえ》った。

「おい、どうした!?」

「灰原《はいばら》さんが……灰原《はいばら》さんがカウントをやめないんです！」

「何《なに》っ!?」

コナンは驚《おどろ》いて前方《ぜんぽう》のバーカウンターを見《み》た。元太《げんた》がシートから身《み》を乗《の》り出《だ》して叫《さけ》ぶ。

「灰原《はいばら》ア、何《なに》やってんだ！　早《はや》く来《こ》い!!」

「バカね、この方《ほう》が正確《せいかく》でしょ」

灰原《はいばら》は冷静《れいせい》な声《こえ》で答《こた》えると、再《ふたた》び数《かぞ》え始《はじ》めた。コナンの脳裏《のうり》に嫌《いや》な予感《よかん》がよぎる。

（まさかアイツ、自分《じぶん》だけ残《のこ》って犠牲《ぎせい》に——!?）

「二十一《にじゅういち》……！」

「二十《にじゅう》……！」

灰原《はいばら》と歩美《あゆみ》のカウントダウンする声《こえ》が重《かさ》なり、光彦《みつひこ》は灰原《はいばら》を連《つ》れ戻《もど》そうとすばやくシートベルトを外《はず》した。すると、先《さき》に助手席《じょしゅせき》のドアが開《あ》いて、元太《げんた》が走《はし》り出《だ》した。

バーカウンターに駆《か》け寄《よ》って灰原《はいばら》の手首《てくび》をつかみ、引《ひ》っ張《ぱ》って抱《だ》きかかえる。

「何《なに》するのよ！」

「かあちゃんが言《い》ってたんだよ！　米粒《こめつぶ》ひとつでも残《のこ》したらバチが当《あ》たるってな!!」

灰原《はいばら》を抱《だ》きかかえた元太《げんた》は車《くるま》に向《む》かって走《はし》った。

「十一《じゅういち》、十《じゅう》、九《きゅう》、八《はち》……！」

目《め》を閉《と》じた歩美《あゆみ》はコナンの手《て》を握《にぎ》りながらカウントダウンを続《つづ》けている。

元太《げんた》は展示台《てんじだい》を駆《か》け上《のぼ》ると、灰原《はいばら》を持《も》ち上《あ》げて「おらーっ！」と後部座席《こうぶざせき》に灰原《はいばら》を放《ほう》った。光彦《みつひこ》が慌《あわ》てて灰原《はいばら》を受《う》け止《と》める。

「六《ろく》、五《ご》……！」

「出《で》るぞ！」

右足《みぎあし》のつま先《さき》でブレーキ、かかとでアクセルを踏《ふ》んでいたコナンは、元太《げんた》が助手席《じょしゅせき》に飛《と》び込《こ》むと同時《どうじ》にブレーキを離《はな》し、アクセルを思《おも》い切《き》り踏《ふ》み込《こ》んだ。

「三《さん》、二《に》……！」

タイヤが悲鳴《ひめい》を上《あ》げ、車《くるま》は尻《しり》を沈《しず》ませて急発進《きゅうはっしん》した。展示台《てんじだい》を駆《か》け下《お》り、白煙《はくえん》を上《あ》げながら猛《もう》スピードでパーティ会場《かいじょう》を突《つ》っ切《き》っていく――！

「一《いち》！」

B塔側《ビーとうがわ》の窓《まど》をめがけてばく進《しん》した車《くるま》は、ガラスを突《つ》き破《やぶ》って飛《と》び出《だ》した。

「ゼロ！」

歩美《あゆみ》のカウントダウンと同時《どうじ》に、後方《こうほう》で閃光《せんこう》がほとばしった。すさまじい爆音《ばくおん》が轟《とどろ》き、強烈《きょうれつ》な爆風《ばくふう》が押《お》し寄《よ》せる。

「うわぁぁぁ！」

宙《ちゅう》に飛《と》び出《だ》した車《くるま》は爆風《ばくふう》に押《お》され、B塔《ビーとう》の屋上《おくじょう》に向《む》かってまっすぐ突《つ》き進《すす》んだ。が、爆《ばく》風《ふう》が途切《とぎ》れて車《くるま》の後部《こうぶ》がガクンと下《さ》がり、シートベルトをしていない灰原《はいばら》の体《からだ》が宙《ちゅう》に放《ほう》り出《だ》される。

「灰原《はいばら》さん‼」

光彦《みつひこ》はとっさに灰原《はいばら》の手首《てくび》をつかんだ。車外《しゃがい》に飛《と》び出《だ》した灰原《はいばら》の全体重《ぜんたいじゅう》が光彦《みつひこ》の手《て》にかかり、クウッ…と歯《は》を食《く》いしばる。

「離《はな》しませんよ！　絶対《ぜったい》に……‼」

光彦《みつひこ》の声《こえ》に、コナンは後《うし》ろを振《ふ》り返《かえ》った。車外《しゃがい》でぶら下《さ》がっている灰原《はいばら》を見《み》て、すぐに前《まえ》を向《む》くと――屋根《やね》が開《ひら》いたプールに巨大《きょだい》な氷柱《つらら》のオブジェが置《お》かれているのが見《み》えた。

（まずい！　このままじゃ柱《はしら》に灰原《はいばら》が……‼）

コナンはすばやくキック力増強《りょくぞうきょう》シューズのスイッチを入《い》れた。

「借《か》りるぞ！」

歩美《あゆみ》がかぶっていたヘルメットを外《はず》し、ハンドルの上《うえ》に飛《と》び乗《の》る。そしてヘルメットを放《ほう》り投《な》げ、柱《はしら》に向《む》かって力《ちから》いっぱい蹴《け》る——！

猛烈《もうれつ》な勢《いきお》いで迫《せま》ったヘルメットは、柱《はしら》の先《さき》を粉々《こなごな》に吹《ふ》き飛《と》ばした。破片《はへん》が飛《と》び散《ち》る中《なか》、コナンたちを乗《の》せた車《くるま》が落《お》ちていき、灰原《はいばら》の体《からだ》が氷柱《つらら》のオブジェすれすれを通過《つうか》する。プールの水面《すいめん》が迫《せま》り、コナンは歩美《あゆみ》の頭《あたま》を守《まも》るように抱《かか》えた。

車《くるま》が着水《ちゃくすい》したプールに大《おお》きな水《みず》しぶきが上《あ》がり、大波《おおなみ》がプールサイドまで押《お》し寄《よ》せて飛《と》び込《こ》み台《だい》を包《つつ》み込《こ》んだ。

「コナン君《くん》!!」

蘭《らん》たちが水《みず》びたしになったプールサイドに駆《か》けつけると、プールの中央《ちゅうおう》に真《ま》っ赤《か》なマスタング・コンバーチブルが浮《う》かんでいた。

「蘭姉《らんねえ》ちゃーん！」

「無事《ぶじ》よー！」

「イエーイ！」

ボンネットの上《うえ》からコナンたちが手《て》を振《ふ》るのを見《み》て、蘭《らん》がフウ…と安堵《あんど》の息《いき》をつく。

蘭《らん》の姿《すがた》を見《み》たコナンも、優《やさ》しく微笑《ほほえ》んだ。

こうして再《ふたた》び蘭《らん》に生《い》きて会《あ》うことができて、よかった。

〈工藤新一《くどうしんいち》〉として蘭《らん》に会《あ》うまでは、決《けっ》して死《し》ぬわけにはいかないからな……。

コナンが蘭《らん》を見《み》つめていると、灰原《はいばら》をボンネットに引《ひ》っ張《ぱ》り上《あ》げた光彦《みつひこ》が「ところでコナン君《くん》」と話《はな》しかけてきた。

「どこで運転《うんてん》の仕方《しかた》を？」

「ああ、ハワイでオヤジに――」

と答《こた》えかけて、コナンはあっと口《くち》を押《お》さえた。

「え？」

きょとんとする光彦《みつひこ》の横《よこ》で、灰原《はいばら》がクスリと笑《わら》った。


ジンが道路脇《どうろわき》に停《と》めたポルシェにもたれてタバコをふかしていると、その横《よこ》をときおり車《くるま》が通《とお》り過《す》ぎていった。

「兄貴《あにき》」

携帯電話《けいたいでんわ》で部下《ぶか》の報告《ほうこく》を聞《き》いていたウォッカが顔《かお》を上《あ》げる。

「車《くるま》で脱出《だっしゅつ》したのは、ガキ五人《ごにん》とジジイ一人《ひとり》……どうやらあの女《おんな》は、パーティに来《こ》なかったようですぜ」

ジンはフンと鼻《はな》で笑《わら》った。

「まあいいさ、当初《とうしょ》の目的《もくてき》は達《たっ》したからな」

携帯電話《けいたいでんわ》を懐《ふところ》にしまったウォッカが「ええ」とうなずく。

「けど、まさかあの男《おとこ》が俺《おれ》たちを裏切《うらぎ》って、あのツインタワービルから組織《そしき》のコンピュータに侵入《しんにゅう》するとは……」

「原《はら》は始末《しまつ》したし、〈TOKIWA《トキワ》〉のメインコンピュータも爆破《ばくは》した……もう組織《そしき》の情報《じょうほう》が外《そと》に漏《も》れることはねえ……」

ジンはそう言《い》うとツインタワービルを見上《みあ》げ、フッと微笑《ほほえ》んだ。

「あのビルをヤツの処刑台《しょけいだい》にするつもりだったんだが……楽《たの》しみは先《さき》に取《と》っておくさ」

目深《まぶか》にかぶった黒《くろ》い帽子《ぼうし》から鋭《するど》い目《め》をのぞかせたジンは、くわえていたタバコを地面《じめん》に捨《す》てて足《あし》で踏《ふ》みつぶした。

そしてポルシェに乗《の》り込《こ》むと、野太《のぶと》いエンジン音《おん》を響《ひび》かせながら走《はし》り去《さ》っていった——。

10

意識《いしき》を取《と》り戻《もど》した如月《きさらぎ》は手錠《てじょう》をかけられ、高木《たかぎ》に連行《れんこう》されていった。

コナンと灰原《はいばら》の前《まえ》を通《とお》り過《す》ぎた如月《きさらぎ》が、ふと立《た》ち止《ど》まって振《ふ》り返《かえ》る。コナンと灰原《はいばら》がじっと見《み》つめると、如月《きさらぎ》はフッと笑《え》みを浮《う》かべた。

再《ふたた》び歩《ある》き出《だ》す如月《きさらぎ》の後《うし》ろ姿《すがた》を、園子《そのこ》と蘭《らん》はぽかんと口《くち》を開《あ》けて見《み》つめていた。

「あの如月《きさらぎ》さんが犯人《はんにん》だなんて……」

「ビックリだよね……」

すると隣《となり》の小五郎《こごろう》が「そうかぁ？」と得意《とくい》げに自分《じぶん》を親指《おやゆび》で指《さ》した。

「俺《おれ》は最初《さいしょ》っから怪《あや》しいと思《おも》ってたぞ！」

蘭《らん》と園子《そのこ》はあきれた顔《かお》で小五郎《こごろう》を見《み》た。パーティ会場《かいじょう》の舞台《ぶたい》で、ちなみが犯人《はんにん》だと断言《だんげん》したのを忘《わす》れてしまったのだろうか……？

「警察《けいさつ》の捜査《そうさ》は、多分《たぶん》ここまでね」

灰原《はいばら》に小声《こごえ》で言《い》われたコナンは「ああ」とうなずいた。

「ジンが原《はら》さんを殺害《さつがい》したのも、おそらくわからないままだろう」

二人《ふたり》の会話《かいわ》を聞《き》いていた阿笠博士《あがさはかせ》はフゥ……と息《いき》を吐《は》いた。

「爆破事件《ばくはじけん》の真相《しんそう》も闇《やみ》の中《なか》じゃな……」

すると、灰原《はいばら》がおもむろに光彦《みつひこ》の方《ほう》に歩《ある》いていった。

「さっきはありがとう、おかげで助《たす》かったわ」

「え……」

灰原《はいばら》に礼《れい》を言《い》われると思《おも》っていなかった光彦《みつひこ》は、一瞬《いっしゅん》きょとんとした。が、すぐに頬《ほお》を赤《あか》らめて嬉《うれ》しそうに微笑《ほほえ》む。

「あ、いえ、男《おとこ》としての義務《ぎむ》を果《は》たしたまでです！」

灰原《はいばら》は「小嶋君《こじまくん》も」と元太《げんた》に目《め》を向《む》けた。

「私《わたし》は米粒《こめつぶ》と同《おな》じってわけね」

ヤバイと思《おも》った元太《げんた》はごまかすように頭《あたま》をかいてエヘヘ……と笑《わら》った。そして「それにしてもよォ、歩美《あゆみ》」と話《はな》しかける。

「どうして今度《こんど》は三十秒《さんじゅうびょう》ピッタシ当《あ》てたんだ?」

「まぐれだよ」

フフッと笑《わら》った歩美《あゆみ》は、コナンの方《ほう》に駆《か》け出《だ》した。

「ホントはね、コナン君《くん》のおかげなんだ」

「え?」

コナンが驚《おどろ》くと、歩美《あゆみ》は照《て》れながら小声《こごえ》で打《う》ち明《あ》けた。

「コナン君《くん》がそばにいるとドキドキして、心臓《しんぞう》の鼓動《こどう》で時間《じかん》がわかるんだ」

「そういえば、最初《さいしょ》に三十秒《さんじゅうびょう》を当《あ》てたときも……」

コナンは阿笠博士《あがさはかせ》の車《くるま》の中《なか》で三十秒《さんじゅうびょう》当《あ》てゲームをしたときのことを思《おも》い出《だ》した。あのときも、歩美《あゆみ》はコナンの隣《となり》にいたのだ。

「それで、オレと一緒《いっしょ》ならって……」

コナンがそばにいてくれれば爆弾《ばくだん》のカウントダウンをできると言《い》ったのは、そういうことだったのだ。

歩美《あゆみ》はそれだけ言《い》うと、光彦《みつひこ》たちのところへ戻《もど》っていった。

「光彦君《みつひこくん》、カッコよかったぁ！」

「いやあ〜」

「元太君《げんたくん》もよ！」

「へへへ、そうか？」

冒険談義《ぼうけんだんぎ》に花《はな》を咲《さ》かせる歩美《あゆみ》たちを見《み》て、阿笠博士《あがさはかせ》はニヤニヤ笑《わら》いながらコナンを小突《こづ》いた。

「オイ、どうするんじゃ？」

「ど、どーするたって……」

「吉田《よしだ》さんを泣《な》かせたら、私許《わたしゆる》さないわよ」

クールに言《い》い放《はな》った灰原《はいばら》が静《しず》かに微笑《ほほえ》み、

「オイオイ……」

コナンは困《こま》った顔《かお》をした。

すると、近《ちか》くにいた小五郎《こごろう》が「ん？」と何気《なにげ》なくプールの方《ほう》を振《ふ》り返《かえ》った。プールの中央《ちゅうおう》ですでに三分《さんぶん》の二《に》ほど沈《しず》んでいる車《くるま》を見《み》て、「おい待《ま》て！」と大慌《おおあわ》てでプール際《ぎわ》に駆《か》け寄《よ》る。

「この車《くるま》、まさか……!?」

「そうだよ。おじさんが賞品《しょうひん》にもらった『マスタング・コンバーチブル』」

コナンが悪《わる》びれずに答《こた》えると、小五郎《こごろう》は力《ちから》なくアハハ……と笑《わら》った。

「……夢《ゆめ》のマイカーが……」

あまりのショックにフラフラとよろめき、そのままプールに落《お》ちていった。子《こ》どもたちが大笑《おおわら》いし、蘭《らん》が「お父《とう》さん！」と駆《か》け寄《よ》る。

水《みず》の中《なか》から出《で》てきた小五郎《こごろう》は口《くち》から水《みず》を吐《は》き、沈《しず》みかけた車《くるま》をチラリと見《み》た。

(いや待《ま》てよ。乾《かわ》かせばまだ使《つか》えるかも……)

何《なん》とかしてゲットした車《くるま》を復活《ふっかつ》させようと、あれこれ考《かんが》える小五郎《こごろう》だった。

【おわり】

Shogakukan Junior Bunko

★小学館ジュニア文庫★
名探偵コナン　天国へのカウントダウン

2015年３月２日　初版第１刷発行
2019年３月27日　　第８刷発行

著者／水稀しま
原作／青山剛昌
脚本／古内一成

発行者／立川義剛
印刷・製本／加藤製版印刷株式会社
カバーデザイン／黒沢卓哉＋ベイブリッジ・スタジオ
口絵構成／内野智子
編集／伊藤 澄

発行所／株式会社　小学館
〒101-8001　東京都千代田区一ツ橋２－３－１
電話　編集　03-3230-5105
販売　03-5281-3555

Printed in Japan　　ISBN 978-4-09-230796-4